O sonho de
LAMPIÃO

Penélope Martins e Marco Haurélio

O sonho de LAMPIÃO

Xilogravuras
Lucélia Borges

Principis

Esta é uma publicação Principis, selo exclusivo da Ciranda Cultural
© 2022 Ciranda Cultural Editora e Distribuidora Ltda.

Texto
Penélope Martins
Marco Haurélio

Xilogravuras
Lucélia Borges

Editora
Michele de Souza Barbosa

Preparação
Fátima Couto

Produção editorial
Ciranda Cultural

Diagramação
Linea Editora

Revisão
Fernanda R. Braga Simon

Design de capa
Ana Dobón

Dados Internacionais de Catalogação na Publicação (CIP) de acordo com ISBD

M386s	Martins, Penélope. O sonho de Lampião / Penélope Martins ; Marco Haurélio ; ilustrado por Lucélia Borges - Jandira, SP : Principis, 2022. 128 p. : il.; 15,50cm x 22,60cm. ISBN: 978-65-5552-802-2 1. Literatura juvenil. 2. Literatura Brasileira. 3. Nordeste. 4. Tradição. 5. Cangaço. 6. Sertão. I. Haurélio, Marco. II. Borges, Lucélia. III. Título.
2022-0801	CDD 028.5 CDU 82-93

Elaborado por Lucio Feitosa - CRB-8/8803

Índice para catálogo sistemático:
1. Literatura Juvenil 028.5
2. Literatura Juvenil 82-93

1ª edição em 2022
www.cirandacultural.com.br
Todos os direitos reservados.
Nenhuma parte desta publicação pode ser reproduzida, arquivada em sistema de busca ou transmitida por qualquer meio, seja ele eletrônico, fotocópia, gravação ou outros, sem prévia autorização do detentor dos direitos, e não pode circular encadernada ou encapada de maneira distinta daquela em que foi publicada, ou sem que as mesmas condições sejam impostas aos compradores subsequentes.

Esta história, se não fosse de todo inventada, boa parte dela seria, pois, para sonhar, um sertanejo de mãos igualmente perspicazes para fuzil, carícia ou bordado, só misturando ficção aos fatos – ainda que muitos deles não sejam comprovados. É uma história dedicada às pessoas valentes, nascidas das ganas da resistência, gente cuja bravura não desconsola – enfrenta seca, chuva, frio, fome e tirania e combate o inimigo em si mesmo: a desesperança e a covardia.

Sumário

Na Malhada da Caiçara 11

A história antes do cangaço 21

Da revolução à Santinha, as cartucheiras e a caligrafia 35

Céu bordado de estrelas, mandacaru fulorando 51

O fio da vida e da morte unindo muitos destinos 61

Maria de Déa e Expedita (ou "Enviada") 71

Benjamin Abrahão: vida breve e em preto e branco 81

O começo do final de uma longa caminhada 91

Não se faz parelha com traição 97

As muitas faces de um mito 109

Sobre os autores 125

Sobre a ilustradora 127

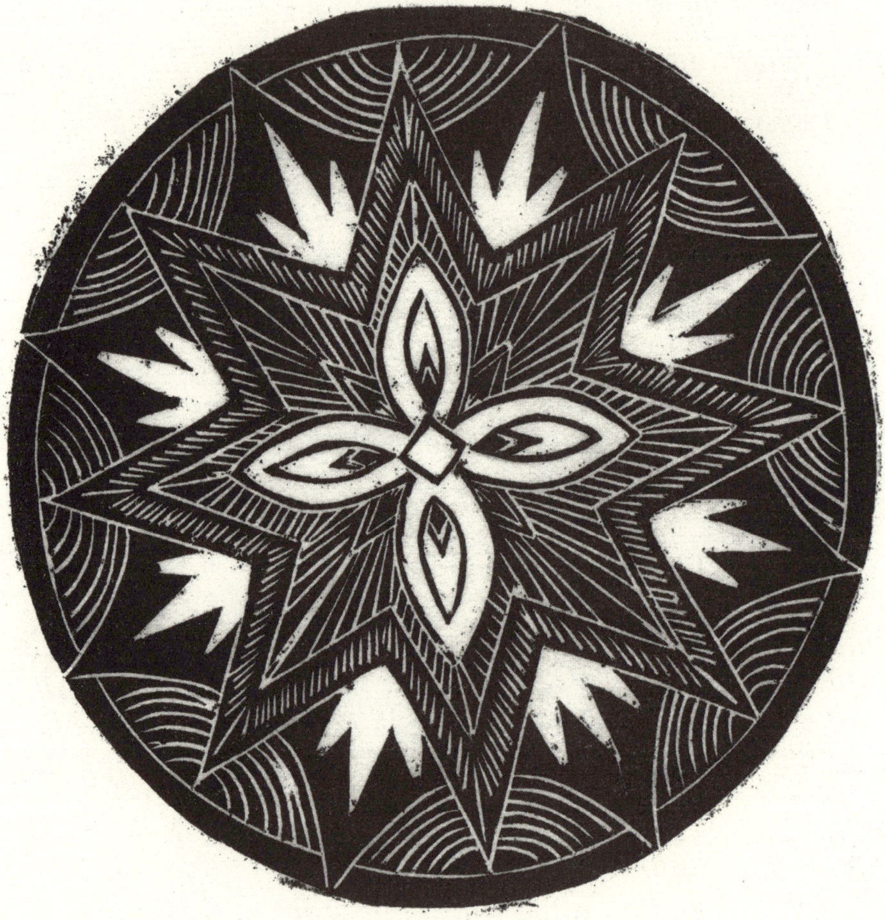

Tá relampejando, Santinha,
deve de ser um sinal.
Padim Ciço no céu chamando,
já não carece fazer o embornal.
Junto dos anjos irei contigo,
com chapéu estrelado
sobre as nuvens cavalgarei.
Mas, se for com o diabo,
sem os pecados remidos
no fogo do inferno,
no tempo eterno
te amarei.

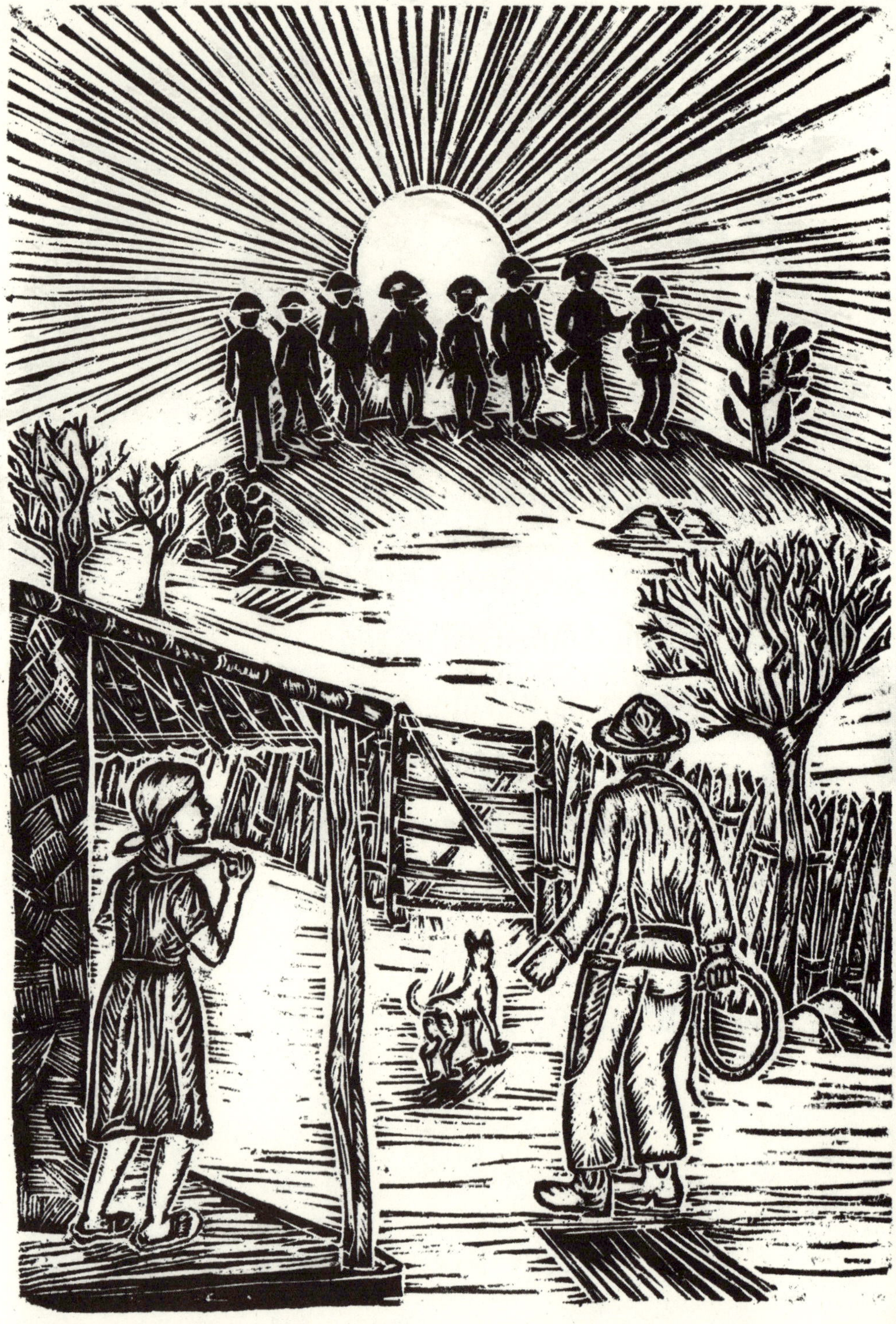

Na Malhada da Caiçara

O amor, assim que chega,
começa pisando manso,
se aninha no coração,
depois não dá mais descanso
e pode ser mar revolto
ou confortante remanso.

O amor junta dois mundos,
ainda que desiguais,
acalma um leão raivoso
com cantos sentimentais
e faz de quem se apaixona
o mais feliz dos mortais.

Mesmo onde o ódio dá cartas,
ceifa vidas, tira a calma,
o amor chega igual brisa,
soprando por sobre a palma,
e depois de tudo ajunta
dois corpos numa só alma.

A menina Dondom terminava de recolher a roupa da corda quando viu ao longe um movimento incomum que desassossegou seu coração. Não era para menos – certas visitas causavam rebuliço entre as famílias, deixando um rastro de desordem. Não sabia que tipo de gente se avizinhava, só podia perceber o vozerio confuso se aproximando. O magro cachorro anunciou o pressentimento de seu faro. Tratava-se de gente desconhecida. Aqueles latidos aumentaram a apreensão da mocinha, cujo primeiro impulso foi correr para dentro de casa, chamar mãe e pai para proteção, mas nem careceu, pois, com a mesma guia de alerta, ao primeiro sinal da intenção dos invasores em direção à porteira, dona Déa erguida já estava de prontidão, com os pés fincados na soleira, uma mão na cintura e outra agarrada ao tercinho que levava até os lábios, beijando o crucifixo enquanto evocava com devoção:

– Bom Jesus, São José bendito, Maria Santíssima, misericórdia! Zé, ajude aqui, que vem chegando tropa!

Zé tomou para si o enfrentamento do perigo, fez menção de pegar sua espingarda de caça, que estava ao alcance de sua mão, pendurada na parede, ao lado de um quadro do Sagrado Coração de Jesus. Mas, no repente do juízo, lembrou que, se fossem homens do cangaço, sua atitude seria tomada como provocação desnecessária. Por outro lado, se fossem soldados das volantes, não tardaria a começar a cerimônia de abusos sequenciais amparada pela lei, com desmandos e violências de todo tipo contra ele mesmo, ou, ainda pior, contra as mulheres de sua casa, esposa e filhas.

As notícias das perversidades das forças volantes cruzavam as fronteiras. Ele já sabia do martírio de seu Vicente, pai da menina Sérgia, de apenas doze anos, raptada por Corisco, que se vingava do homem por imaginar que ele o havia traído. O pobre pai, além de ter sido privado da companhia da filha, que sofrera o diabo nas mãos do facínora, padeceu mais ainda nas garras da polícia, que o julgava acoitador de cangaceiro. Corria à boca miúda a notícia de que o homem tivera a orelha cortada, pois os membros da força militar acreditavam que sua filha se juntara ao criminoso por livre e espontânea vontade. Como se fosse possível fazer valer qualquer desejo de uma menina, e a história da desinfeliz seguiria, arrastada à força por Corisco, metida em esconderijo para ser tratada dos retalhamentos da violência, e ainda seria obrigada a viver como mulher de seu próprio algoz. No entanto, com distintivo e arma, outros abusos alcançaram mãe, irmãs e irmãos de Sérgia. Contra os dois meninos pequenos, atos bárbaros, praticados pelos soldados, jamais seriam esquecidos – mais ferozes, contudo, porque, naquele momento, os violadores evocavam a lei e tinham inclusive o apoio de governantes.

Se, por um lado, os cangaceiros eram temidos e desafiavam o juízo das pessoas evocando do imaginário as mais diversas epopeias de enfrentamento brutal, não aliviava conjurar quaisquer suplícios para as volantes virem ao auxílio; ao contrário, eis que os soldados afastavam a virtude da justiça e destilavam o pior veneno pelo fato de agirem com amparo e em nome do próprio governo e de um país que já tomava como questão de honra aniquilar o cangaço e seus simpatizantes.

Por isso é que seu Zé de Felipe se viu entre a caldeira e o fogo. Fosse um grupo ou outro, não havia como descansar do pensamento o retumbar de uma desgraça. O jeito era encarar. Não tinha como correr, abandonando o fruto do trabalho de toda uma vida. A melhor saída era se manter firme para o que viesse. De pronto, ele e a família esperaram até que as vistas alcançassem a estradinha e pudessem distinguir com a luz do dia quem tomava chegada.

É claro que estavam com medo, e muito, mas a experiência do homem como caçador dizia que, se o bicho mais fraco se amofina diante do mais forte, o fim é certo. Combinaram assim: uns continuariam labutando na roça, outros encenariam dar xerém para as galinhas magricelas, as mais moças rumariam para a cozinha e lá ficariam amocadas, camufladas na lida, rezando por dentro um terço de livramento até que os invasores se retirassem. Nos trejeitos do trabalho, todos conferiam à casa certo ar de normalidade.

Com o coração acelerado, dona Déa esticou o avental sobre o seu vestido, fez o mesmo com as linhas tensas da testa e aguardou o desfecho da sorte ao lado do marido.

Virgulino Ferreira, o Capitão Lampião, marchava à frente de todos, imponente como um guerreiro mouro. As cartucheiras cruzadas no peito contrastavam com o lenço vermelho do pescoço, que garantia um tipo inexplicável de ternura à sua figura lendária. O chapéu quebrado na testa era outra coisa: lembrava a coroa de um rei pregresso, com bordados feitos por sua própria mão caprichosa e estrelas que asseguravam proteção mágica contra seus muitos inimigos.

Saudado com um aceno pelo dono da casa, deu ordem para que os demais chegassem manso, e nessa brandura ensaiada ele era o primeiro a lançar palavra que botasse algum alento nos corações.

– Louvado seja Nosso Senhor Jesus Cristo! – disse o chegante, com devoção verdadeira.

– Para sempre seja louvado – respondeu seu Zé, que ouvia pela primeira vez a voz do mitológico cangaceiro.

Olindina, outra filha de Zé de Felipe, que espiava da janela, a um sinal do pai, trouxe um banco para Lampião. Os demais cangaceiros tiveram de se contentar em sentar-se num velho tronco de aroeira ou no chão, metade deles olhando para a entrada da fazenda, à espera, até aquele momento improvável, de que surgisse alguma volante.

– Capitão, Zé de Felipe às suas ordens – retomou o sitiante, que, só depois da saudação, que era também um salvo-conduto, estendeu a mão direita para Lampião.

Vaidoso, Virgulino ficou feliz de ser reconhecido e apertou a mão do homem, de quem muito se agradou.

– Virgulino Ferreira, como o senhor deve saber, mas pode me chamar de Lampião, que é o meu nome de guerra – disse com ar risonho, enquanto descalçava as sandálias e removia os pedregulhos que lhe fustigavam os dedos dos pés, revelando um ferimento a bala de tempos atrás, cicatrizado, mas não esquecido. – Seu Zé, vou direto ao ponto, afinal não sou homem de arrodeio: o senhor poderia nos dar agasalho por essa noite?

– Claro, Capitão! – E ele era besta de dizer que não?! – Mas a nossa casa não tem o luxo das fazendas onde o Capitão pousa de vez em quando.

– Morra o luxo e viva o bucho! – foi a resposta de Lampião, arrancando uma gargalhada da cabroeira.

Um sorriso tímido, nervoso, se desenhou na boca murcha de seu anfitrião.

A ordem dada por Lampião a seu Zé para que ninguém deixasse a fazenda foi seguida à risca, e dessa forma era praticamente impossível alguém saber de seu paradeiro em um lugar relativamente ermo como a fazenda Malhada da Caiçara.

Dona Déa chegou em seguida com um bule de café fumegante e cheiroso, ajudada pela filha Dorzina, a Dondom, que trazia uma bandeja com as xícaras – as quais, para desconforto dos anfitriões, não davam para metade do bando. Mas ninguém se queixou, e, terminada a primeira rodada, os demais foram servidos pela dona da casa. Zé de Felipe, dividido entre o medo e a curiosidade, procurava mostrar-se calmo, mas era visível a sua inquietação, a ponto de derramar boa parte do café na camisa. Lampião, percebendo a tensão causada por sua chegada àquela casa, dirigiu-se a Zé de Felipe:

– Seu Zé, se for pelas moças, não se aperreie com a nossa presença. Viemos à Bahia em busca de paz, e pode ter certeza de que o senhor tem em mim um amigo. Nem tudo o que contam a meu respeito é verdade...

– Pois conte comigo pro que precisar, Capitão! – disse o fazendeiro, sentindo-se mais confiante. – A casa é pobre, mas, como lá dizem, o pouco com Deus é muito...

– ... e o muito sem Deus é nada – emendou Lampião, mostrando conhecer o dito popular.

Chamando as filhas, Zé de Felipe ordenou que pegassem algumas galinhas com os demais acompanhamentos que fosse possível arranjar na cozinha para preparar para os chegantes. Lampião, atalhando-o, disse que os cabras dele é que cuidariam de abater as aves, e, a uma ordem dada, alguns cangaceiros saíram em perseguição às galinhas. Pouco tempo depois, retornaram os homens com as penosas ainda vivas, mas por pouco tempo.

– Está esperando o quê, Labareda – o chefe dirigiu-se a Ângelo Roque, recém-incorporado ao bando –, pra dar um jeito nessas galinhas?

O cabra, encolhendo-se diante do líder, justificou-se:

– Sabe o que é, Capitão? Estou com pena de matar as bichinhas... Tão pequenas as pobres, nem na intenção de voar se atiçam, quase

O sonho de Lampião

sem defesa, assim esperando o destino traçado pelo punho ou por facão. Peço que recomende outro para fazer isso.

– Agora deu a peste! – disse Lampião, em tom de chiste. – Na hora de comer você não tem pena, né, cabra? E, na hora de matar seus inimigos, também não!

– Eles mereceram – respondeu, lacônico, o cangaceiro, incomodado com as lembranças trazidas pela última fala do Capitão.

Uma panela seria pouco para tantas bocas famélicas. Abatidas a tempo, as galinhas seriam levadas ao tacho, que já aguardava luzindo sobre as labaredas dos tocos de lenha empilhados à beira do lume do fogão. Dona Déa chegou perto do bando carregando uma bacia de água fervente para as filhas depenarem as bichinhas fora de casa, como era de costume. No prato fundo colheram o sangue, pois era sabido que o Capitão apreciava muito receita de cabidela, e naquela casa havia uma mulher especialista no assunto. Esfregadas com limão-cravo para desmanchar a inhaca da pele cruenta, foram lavadas e salgadas pelas mãos da matriarca, enquanto duas de suas filhas picavam aos montes os dentes de alho e as cebolas, que, antes do corte, já embaçavam os olhos lacrimosos entre ardor e temor. Outra menina de dona Déa macerava umas ervas para dar gosto ao caldo; já escolhido, o arroz era lavado e colocado para escorrer. Um bom pedaço de toucinho rendia na frigideira, e dele sairia uma farofa bem composta, engordurada com manteiga e reforçada com ovos.

Aquele banquete ia ganhando forma, e a fome dos convidados aumentava com o aroma exalado. Mas ainda levaria um tempo para o de comer ficar pronto, por isso a cachaça servida era acompanhada de uns minguados pedaços de queijo de coalho, dividido para muitos como tira-gosto. Nesse intervalo, Lampião começou a debulhar a sua história para Zé de Felipe:

— Quando eu falei pra não ter medo de mim, seu Zé, quis dizer que, apesar do que me acusam, ainda sou melhor do que as forças policiais que me perseguem. É por causa delas e da injustiça feita com minha família que levo vida errante. E esses cabras que estão aqui, ao redor de nós, pode perguntar pra eles, e lhe dirão que também sofreram alguma iniquidade. Somos santos? Nem há pretensão pra isso! Santo é o meu Padim Ciço, que está no Juazeiro. – Nesse momento, Lampião se benzeu. – Ainda assim, estamos longe de ser o diabo que pintam.

— Ouvi contar alguma coisa, Capitão, mas a conversa, quando atravessa muitos ouvidos, chega quase sempre muito prejudicada. – Zé de Felipe se mostrava cada vez mais à vontade. – Ninguém melhor que a pessoa que sofreu no couro as agruras de sua própria história pra contar o que se passou. O senhor tem meus ouvidos e meu respeito.

— Verdade. E agradeço as palavras. Se tenho no dono da casa bom ouvinte, melhor que seja direto da fonte o palavreado. Prepare as oiças, então...

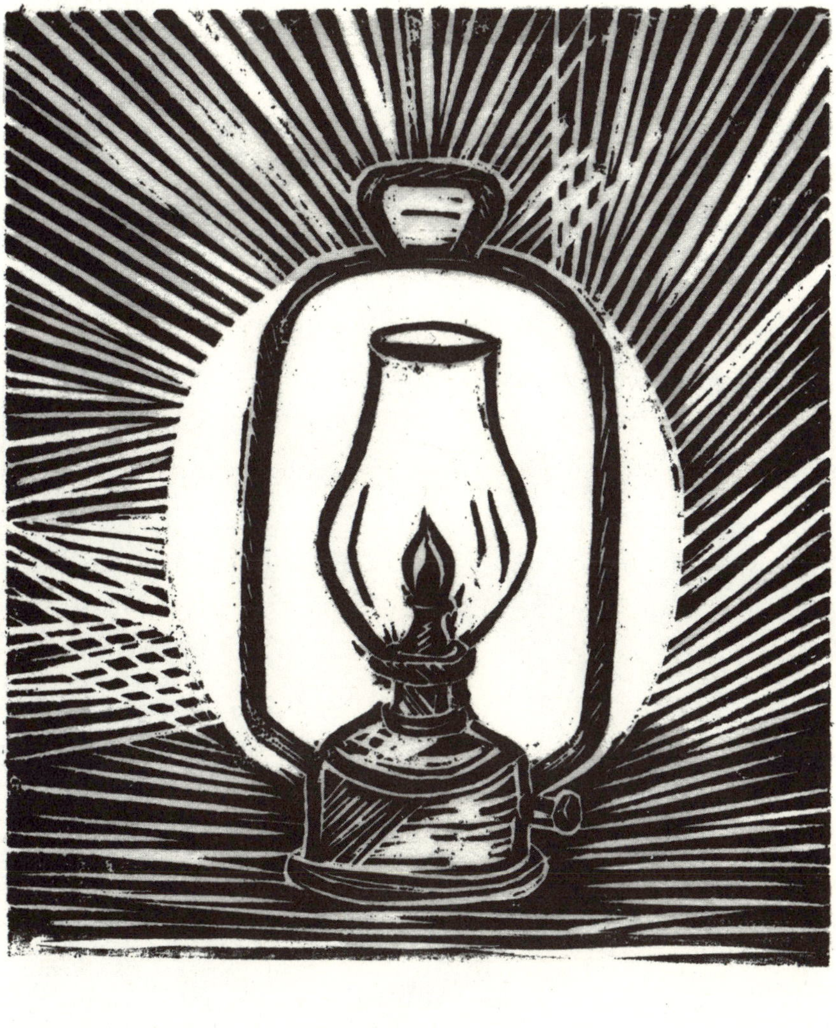

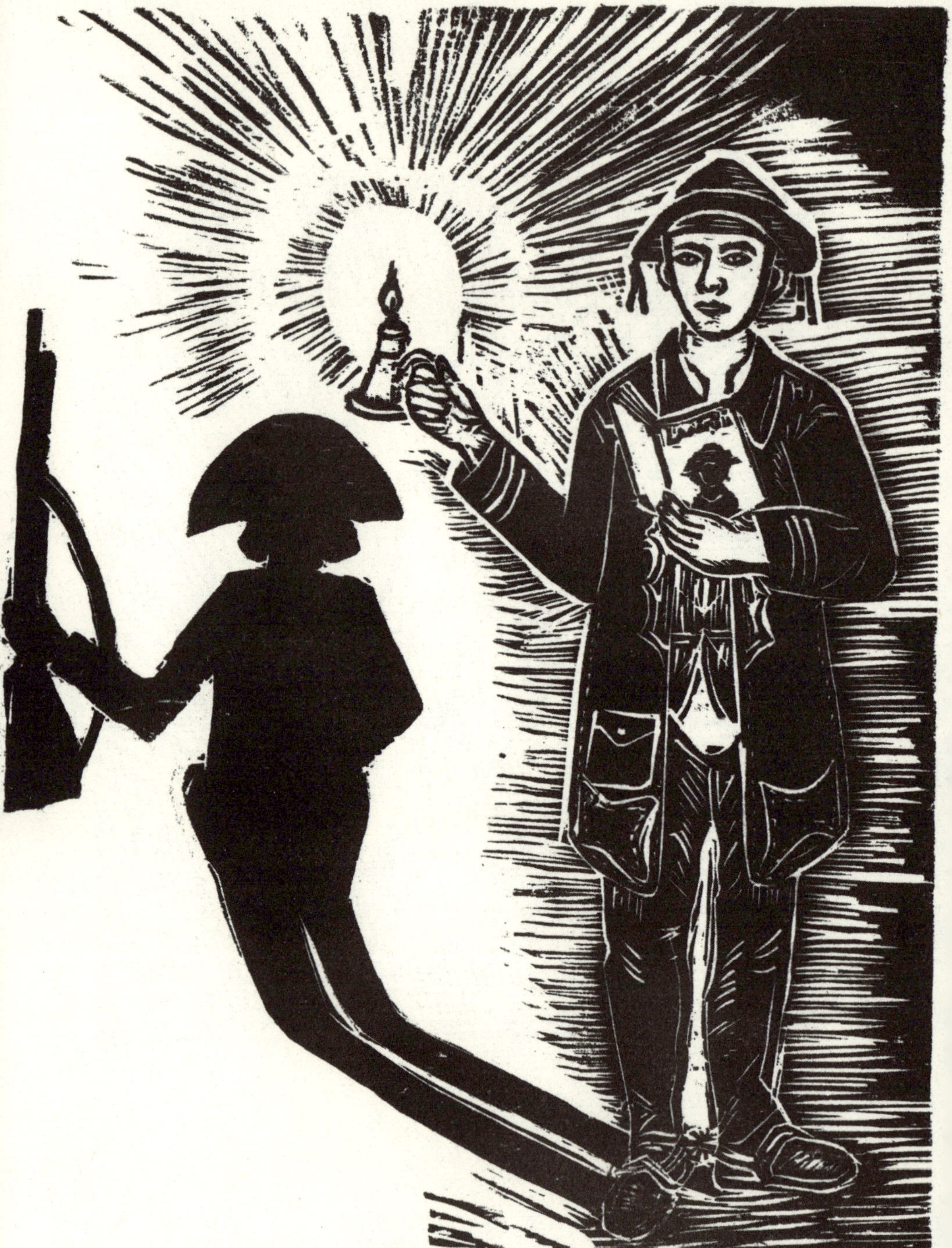

A história antes do cangaço

A vida é rio que corre
da nascente até a foz,
esperança que não morre
ante o desespero atroz;
é voz que cala no outro
e depois revive em nós.

Como explicar os desvios
de quem devia seguir
o caminho da virtude,
plantar, colher, repartir?
Toda vereda é caminho
pra quem não tem pra onde ir.

Lampião limpou os óculos com um lenço pescado na algibeira, olhou por uma fresta de sol e viu que o serviço fora bem-feito; pigarreou uma vez, duas e deu uma chamada num copo de cachaça, não sem antes pedir para o dono da casa provar do que lhe servira, para se certificar de que ali não havia veneno. Logo começou a narrar a jornada que o levara ao cangaço:

– Sou o terceiro filho de José Ferreira e Maria Lopes, meus saudosos pais. – Fez uma vez mais o sinal da cruz. – Antes de mim vieram Antônio e Livino e, depois, Virtuosa, João, Angélica, Ezequiel, aquele moço ali, Maria e Anália. Outras duas meninas se foram muito cedo: Maria do Socorro, ainda na condição de anjinho, e Maria da Glória, que morreu com três anos. Nasci no sítio Passagem das Pedras, na Vila Bela, estado de Pernambuco. Perto de casa corria o riacho São Domingos, onde eu e meus irmãos nos banhávamos ao fim da tarde, depois da lida. Retirados uns duzentos metros, se muito, viviam meu avô Mané Pedro e minha avó, dona Jacosa. Ela me contava muitas histórias, dessas que tem também nos livrinhos de feira, com princesas encantadas e cabras valentes que topavam com gigantes e todo tipo de fera. Ô saudade!

Virgulino suspirou e pareceu se ausentar dali por alguns segundos. Mas ninguém o interrompeu.

– Onde eu estava mesmo? Ah, bom! Meu pai, seu Zé Ferreira, era um homem pacato como não havia igual em todo o Pernambuco. Já minha mãe, dona Maria, esquentava com pouca coisa. Era a natureza dela, quem vai dizer que tava errada?! Apesar das diferenças, era um lar sossegado. A gente plantava, por ocasião das chuvas do umbu, uma lavourinha que dava pro sustento. Mas ganhava a vida mesmo na lida da almocrevaria, correndo boa parte do sertão e do agreste pernambucano, partindo de Rio Branco.

O sonho de Lampião

Meu pai tinha uma tropa de burros, e eu e meus irmãos desde cedo nos acostumamos ao trabalho, que era pesado, mas também muito divertido. A gente abastecia o estado com as melhores mercadorias, levando de um canto pra outro inclusive as notícias, é verdade. Mas aí veio a grande seca do Quinze, que bebeu o nosso riacho e matou boa parte de nossa criação; e, assim como muitas famílias, a nossa fez uma peregrinação a Juazeiro, em busca do Padim Ciço, já que ele, sendo um santo homem, estava mais próximo de Deus e poderia fazer chegar até Ele os nossos rogos. Os irmãos mais velhos ficaram zelando por nossos teréns. Foi uma viagem sofrida, que durou muitos dias, com a gente acampando no meio dos matos, mas a chegada à cidade santa e a visão daquele homem enviado por Deus compensaram todo o trajeto. O problema, descobrimos depois, não foi a ida, mas a volta.

Nem Zé de Felipe nem dona Déa piscavam, atentos que estavam à história narrada por Lampião.

– Ao dar por falta de alguns bodes de nossa propriedade, meu pai pediu que fizéssemos uma busca pelos arredores. Eu e meus irmãos batemos boa parte dos sítios lindeiros ao nosso, e nada. Por acaso, um dia passamos na frente da casa de Zé Caboclo, que era empregado de nosso vizinho Saturnino, e encontramos alguns couros mal recobertos com areia. Para nossa surpresa, eles tinham a marca de nossa família. Meu pai, que era muito amigo de seu Saturnino, foi até ele e comunicou o roubo, ao que ele respondeu, sem pestanejar, que ia tomar as devidas providências. O pedido do meu pai foi para que ele mandasse embora o sujeito, mas, ao que parece, um de seus filhos, José, que eu pensava ser meu amigo, fez a cabeça do velho, que não honrou a palavra.

"E foi esse filho do cabrunco que começou a desordem, provocando a nossa família, chamando pra briga. A gente também não deixava barato. Mas o inferno abriu as portas, e a macaíba cantou de verdade mesmo foi no ano de 1917, quando o velho Saturnino bateu as botas e o diabo do filho assumiu o controle da Fazenda Pedreira. Outro agregado do infiteto me acusou de ter roubado um chocalho de sua fazenda. O chocalho em questão estava no pescoço de um dos animais de nossa tropa. Por mais que eu tentasse me explicar, eles me insultavam, a ponto de eu perder a paciência, arrancar o chocalho do pescoço do animal, amassá-lo com uma pedra e atirá-lo aos pés do infeliz do Zé de Saturnino. Ainda lhe dei o apelido de 'Zé Chocalho', no que fui seguido por meus irmãos. O sujeito saiu dali vendendo azeite às canadas, fumando numa quenga. Daquele dia em diante, sabíamos que o pior ia acontecer e nos preparamos para isso. Entre os nossos não tinha um com medo de enfrentar qualquer traste!

"No mês de agosto, na véspera da festa de Nossa Senhora da Penha, padroeira de Vila Bela, meu irmão Antônio se dirigia à Fazenda Picos. Ia buscar um terno que encomendara pra ocasião. No meio do caminho, topou com José Caboclo, parente do indivíduo que roubou as nossas cabras, e a coisa não prestou. De lado a lado surgiram ofensas, e Antônio, meu saudoso irmão, que não levava desaforo pra casa, puxou a faca e se atracou com o valentão. Sei dizer que a faca quebrou, e isso pôs fim à briga, pois o inimigo, que também estava armado, não quis aproveitar a vantagem. Sem vencedor, cada um tomou o rumo de sua casa, já que Antônio desistiu de buscar o terno.

"Eu e meus dois irmãos mais velhos passamos a atocaiar a casa do tal José Caboclo, mas recuamos diante das rogativas de meu pai.

O sonho de Lampião

Mas é como lá dizem, quando o diabo não vem, manda os agregados. Certa feita, estávamos reunindo o gado em frente à Fazenda Pedreira quando escutei o zunido das balas no pé do ouvido. Felizmente, ninguém se feriu, mas a guerra havia sido oficialmente declarada.

"Pegos desprevenidos, voltamos depois pra arrebanhar o gado disperso, dessa vez armados, muito bem armados. Nova saraivada de balas, partindo não se sabe de onde, quase levou Antônio, meu irmão, ferido na cintura. Deixamos o local. Levamos o nosso irmão para Antônio de Matilde, que era casado com uma prima nossa e tinha muita perícia em tratar ferimentos, fosse em bicho, fosse em gente. Dessa vez, Antônio escapou."

– Graças a Deus! – foi o aparte de dona Déa.

– Amém! – emendou Lampião. – Mas não acabou, não, dona Déa! A notícia das refregas chegou ao coronel Cornélio, que nos chamou à sua presença e ordenou que deixássemos o sítio, para nunca mais pôr os pés lá. Nossa família deveria se mudar para uma localidade próxima à vila de Nazaré, onde Zé de Saturnino, o bexiguento, estava proibido de entrar. Pensa que ele respeitou a proibição?! A pretexto de cobrar uma dívida, foi com seus jagunços à vila, o que motivou um tiroteio com meus irmãos, sem vítimas de nenhum dos lados. O delegado Manuel Gomes Jurubeba, em vez de cumprir as determinações do coronel Cornélio, resolveu nos intimidar, proibindo a gente de andar armado na vila. A verdade é que não só desobedecemos às ordens como fizemos um desfile pela cidade, onde os nossos rifles cantaram noutra toada.

"Um boato de um ataque de cangaceiros nas cercanias foi o que bastou para que nos culpassem, e os nazarenos, nada logrando contra os tais, sob as ordens do subdelegado Odilon, reuniram um grupo de nove pessoas, incluindo cinco macacos[1]. Foi um fumaceiro dos infernos, e até hoje não sei como escapamos. Foi Deus, só pode! Pra ter uma ideia do perigo, eu fiquei preso a uma moita de xiquexique e só não me danei de vez porque consegui dar um salto de costas por sobre a moita e me livrar da mira de Odilon Flor. Livino foi ferido no ombro, capturado pelos nazarenos e conduzido à cadeia de Floresta, isso depois de uma hora de peia no lombo.

"Meu pai, então, sem outro jeito a dar, resolveu se mudar pra Alagoas, fixando-se na Fazenda Catuni, mas nem assim Zé de Saturnino quietou o facho. Ele mandou uma carta ao coronel Ulisses Luna, acusando a gente de ladrão. Ainda perseguiu Antônio de Matilde, que foi preso e espancado pelos macacos, só por ter cuidado do ferimento de meu irmão Antônio. Foi graças a Antônio de Matilde que eu e meus irmãos Livino e Antônio resolvemos ir até a vila de São Francisco em demanda de uma pessoa por quem, até hoje, guardo o maior respeito: meu primeiro comandante e o homem que me ensinou tudo nas lides do cangaço, Sinhô Pereira."

– O nome Sinhô inspira respeito mesmo – atalhou Zé de Felipe, quase divagando.

– Sim, mas, apesar do nome, "Sinhô", ele era quase um menino. Tinha somente vinte e seis anos. Era tal o respeito de seus comandados que todos o tratavam assim. Cabra valente! É como o título de "Capitão", que eu carrego com orgulho, pois recebi de meu Padim Ciço. Mas isso foi depois, quando minha fama já corria por vários estados. Quando entrei para o bando de Sinhô, pensava apenas em vingar as ofensas sofridas por minha família, não me dando conta

---

[1] Designação pejorativa dos policiais por parte dos cangaceiros. (N.A.)

O sonho de Lampião

de que havia tomado um caminho sem volta. O destino estava traçado, não tinha como escapar da minha sina...

Labareda balançou a cabeça em afirmativa. A fala do chefe, dolorosamente verdadeira, causou um efeito perturbador em todos os membros do bando. Era, de fato, um caminho sem volta.

– Quando Zé de Saturnino soube que eu havia me aliado a Sinhô, não deixou barato e juntou um grupo de jagunços. Numa tocaia, Antônio de Matilde foi ferido, e Higino, seu sobrinho, acabou sendo morto. Tempos depois, o mesmo Antônio tentou roubar alguns bois de Zé de Saturnino, mas ele o surpreendeu e conseguiu recuperar boa parte das reses. Foi nessa quadra que o delegado Amarílio, outro filho do cão, prendeu o meu irmão João, a pessoa mais calma que já vi debaixo do céu. Ele foi lá na cidade de Matinha pra comprar um remédio pra uma sobrinha, e o peste do delegado encasquetou que ele estava era atrás de munição para o bando. Logo João! A gente não arredou pé e enviou um recado ao delegado pra que soltasse o nosso irmão caçula, mas ele tomou isso como ofensa e armou uma emboscada, com um grupo de macacos e cachimbos, e tentou nos liquidar na beirada de um riacho. Não contava com a nossa resistência. Foi tanto pipoco, mas tanto, que o delegado borrou as calças. Por isso, pra se vingar, ele quis humilhar mais nosso irmão, acorrentando-o a uma mesa na prefeitura local, mas eu enviei outro recado, dessa vez mais desaforado, que, se ele não libertasse João até a hora da ave-maria[2], eu iria pessoalmente atrás dele, e nem o satanás, com toda a curriola do inferno, me impediria de dar a ele o mais justo de todos os castigos.

– E ele obedeceu? – quis saber, curioso, o anfitrião.

---
[2] Às 18 horas ou seis da tarde. (N.A.)

– E não?! Obedeceu e bem obedecido! Mas a história ainda não acabou, pois esse delegado era mais traiçoeiro que uma cascavel, e o que ele fez foi ganhar tempo pra preparar sua vingança.

"Por essa época, meu pai deixou a Fazenda Olho d'Água, aonde chegara havia pouco, e, em companhia da família, resolveu se mudar pra Santa Cruz do Deserto, pra evitar novos confrontos. Depois de uma parada na Fazenda Engenho Velho, minha mãe passou mal e pediu água. Antes que alguém acudisse com um copo, ela já estava morta. Tinha sabe quantos anos, seu Zé? – O homem meneou a cabeça, negativamente, sem ousar interromper a fala de Virgulino. – Pois minha mãe tinha somente quarenta e sete anos. O coração dela não aguentou tanta injustiça. E pensa que acabou? Nada! Estava só começando...

"Ainda pudemos nos despedir dela. O enterro foi em Santa Cruz do Deserto. Até hoje me recordo da expressão do rosto de minha mãe, de alívio, como se descansasse de longa caminhada. Ainda escuto as incelenças rezadas em favor de sua alma, o Ofício de Nossa Senhora, e me lembro do rosário entre suas mãos cruzadas sobre o peito, em forma de coração, como se substituísse o outro, que não batia mais. Pobre de nossa mãe... Jurei pela minha alma que aquilo não ia ficar barato! Voltamos pro mato, esperando a melhor ocasião pra liquidar nossos inimigos, enquanto meu pai e João, com medo de mais perseguição, se embrenharam na maravalha e passaram a dormir ao relento, à maneira dos bichos brutos. Mas de nada valeu. Uma volante comandada por José Lucena, a pretexto de capturar Luís Fragoso, filho do dono da fazenda que acolheu os meus pais, invadiu o lugar, sob a condução do covarde delegado Amarílio, provocando uma verdadeira carnificina. Atiraram numa filha do velho fazendeiro e, quando viram meu pai, o arrastaram para um quarto e o executaram a sangue-frio. Ainda deram cabo de Luís, a quem acusavam de roubo, e saquearam a fazenda. Pra mostrar quem mandava, ainda destruíram a casa.

"Meu pai, que só conseguiu descansar depois de morto, foi sepultado ao lado de minha mãe. E João, meu irmão, resolveu buscar um lugar onde pudesse viver em paz, junto com minhas irmãs, meu irmão Ezequiel e Virgínio, meu cunhado. Quanto a mim, quebrei o chapéu na testa e jurei que ia matar ou morrer, mas não tinha mais nada a dizer aos homens da lei. Assumi o lugar de Sinhô Pereira quando este deixou o cangaço, a pedido de meu Padim Ciço, e se mudou pra Goiás. Por esse tempo eu já havia ganhado a alcunha de Lampião, por causa do fogo do meu fuzil coberto de metal. Esse foi, por assim dizer, meu batismo de fogo. Morri e renasci com um novo nome. Dali por diante, seria olho por olho e dente por dente."

Estavam nesse ponto quando dona Déa, que havia se levantado para ir à cozinha, comunicou que a janta estava servida. O próprio Capitão ordenou que a prosa seguisse depois do bucho cheio. Era tanta a fome que, até que fosse consumido o último bocado, pouco se falou nos arredores da casa, onde foi posta uma mesa que mal dava para acomodar metade dos "convidados".

Terminada a refeição, Lampião, encarando Zé de Felipe, improvisou estes versos:

> *Ao dono e à dona da casa,*
> *Faço agora a louvação.*
> *Há tempos que eu não provava*
> *tão gostosa refeição;*
> *Que o Bom Jesus os proteja*
> *com a Virgem da Conceição.*

De bucho forrado e lambendo os beiços, a cabroeira entoou gritos de "Viva!" que ressoaram por toda a serra. Instado por seu Zé a contar um pouco mais de sua história, Lampião se desculpou, pedindo para deixar para outro dia, pois havia algum tempo nem ele nem o resto do bando dormiam direito.

A casa não poderia oferecer melhores acomodações, e, por isso, uma mesa foi improvisada como leito para Lampião, enquanto o resto do bando se espalhou pelo chão, forrado com couro, esteiras ou pelegos. Um luxo para quem havia muitas noites dormia ao sereno.

Para mal dos pecados de Lampião, no entanto, um moço, parente de seu Zé, que teve o azar de visitar a casa justamente naquela noite, foi acomodado debaixo da mesa. O pobre sofria de bronquite e, com medo de incomodar o visitante, evitava tossir, provocando um irritante e intermitente pigarrear. Por volta da meia-noite, ainda sem pregar o olho, Lampião pôs a cabeça para fora da cama e deu uma chamada no moço:

– Pode tossir, rapaz, que eu não me incomodo.

E quem disse que o infeliz conseguia? Conta-se que, depois daquela noite, o moço ficou completamente curado.

No outro dia, cedinho, mal o galo havia cantado a primeira vez, seu Zé de Felipe já estava de pé, lavando o rosto e as mãos numa bacia e esgaravatando os dentes com o que, de tão velha, nem parecia mais uma escova. À falta de creme dental, usava, como boa parte de seus vizinhos, raspa de juá para a higiene bucal. Quando pisou no batente, o sol ainda dormia sob a barra do horizonte. Ele então seguiu para o curral das cabras com duas vasilhas, lembrando que naquela manhã, devido aos hóspedes inesperados, precisaria de muito mais leite. Geralmente, contentava-se em ordenhar apenas as vacas ossudas, que mal conseguiam alimentar suas crias e ainda precisavam dividir com ele e sua família o minguado leite que produziam. Certo é que, enquanto peava as cabras, Zé de Felipe ouviu passos, no som ritmado das sandálias currulepes em contato com o chão carrascoso, e seu coração esteve a ponto de saltar pela boca.

– Boa noite, seu Zé! – O tom zombeteiro da voz fina não deixava dúvidas de que Lampião também estava acordado.

– Bom dia, Capitão! – respondeu Zé de Felipe, corrigindo-o, cauteloso, embora àquela hora as estrelas se preparassem para sair de cena e a lua fosse apenas uma visão diáfana, quase um fantasma prestes a ser tangido das veredas do céu.

– Já fiz muito isso – retomou Lampião. – Ajudei a desleitar muita cabra. O melhor queijo do mundo, por sinal, e minha mãe dizia que era o leite mais sadio.

– E tem saudade desse tempo? – A pergunta era pertinente, embora a prudência aconselhasse que não se deve indagar a alguém que abraçou vida errante, entregue ao banditismo, se tem saudade do tempo em que vivia conforme os ditames da lei.

Lampião, no entanto, não se julgava um bandido, um fora da lei. Antes se via como um justiceiro demandando apenas o que era certo. Pode-se objetar que isso não era lá muito exato, mas era ao que ele se agarrava, e ai de quem o contrariasse na defesa de sua "verdade". Uma amostra desse zelo por sua imagem: quando Zé de Felipe quis saber mais detalhes sobre o assalto à mansão da baronesa de Água Branca, em Alagoas, em 1922, seu primeiro grande feito, Lampião saiu pela tangente, retomando a narrativa de seu ingresso no cangaço, atribuindo ao destino sua errância bandoleira:

– Tenho saudade da vida despreocupada que eu levava. Despreocupada, digo, por poder descansar depois de um dia de labuta, porque trabalho pesado nunca me assustou. Fui criado por gente de fibra, como o senhor já sabe, mas, como lá dizem, seu Zé, é cada qual para o que nasce. Pode parecer esquisito, mas sinto saudade também do que não vivi. Lembrando pai mais mãe, antes da tragédia que se abateu sobre a gente, eu penso, às vezes, na família que não pude ter. Na cabocla com quem eu queria compartilhar a mesma rede, sonhar o mesmo sonho. Quem sabe isso ainda se realize, ao menos a parte da cabocla. – E soltou aquela risada de quem já sabe ou tem algo em mente.

Virgulino não percebeu, mas Zé de Felipe, apreensivo, engoliu em seco depois das últimas palavras. Com a ajuda de seu hóspede, que levava um dos baldes, o sitiante soltou as cabras e tomou o rumo de casa. Enquanto eles cruzavam o batente, o sol começava a quebrar a barra, derramando seus tons encarnados por todo aquele pé de serra.

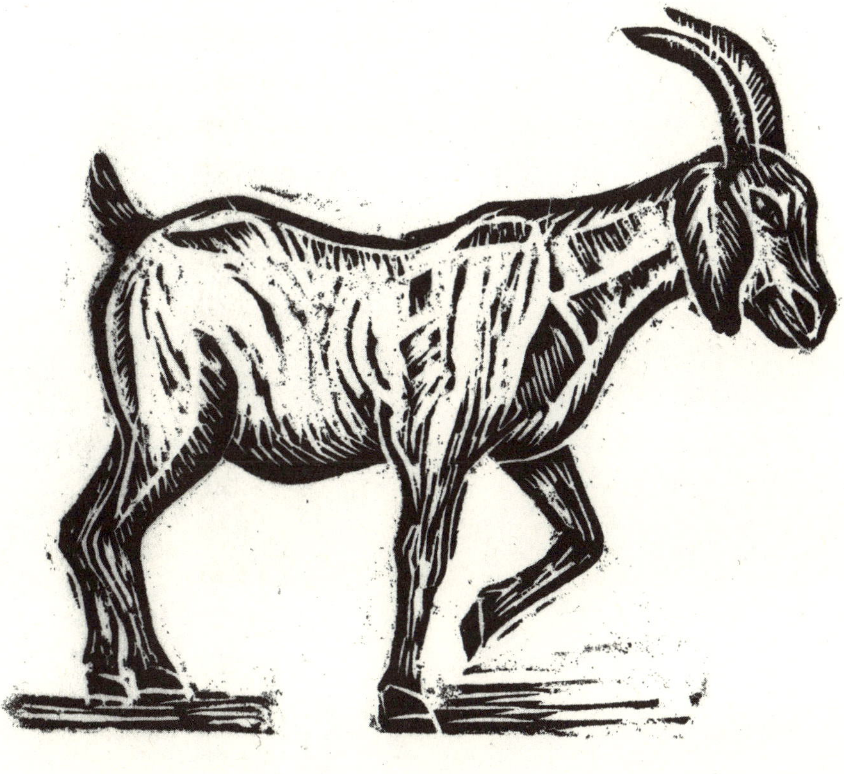

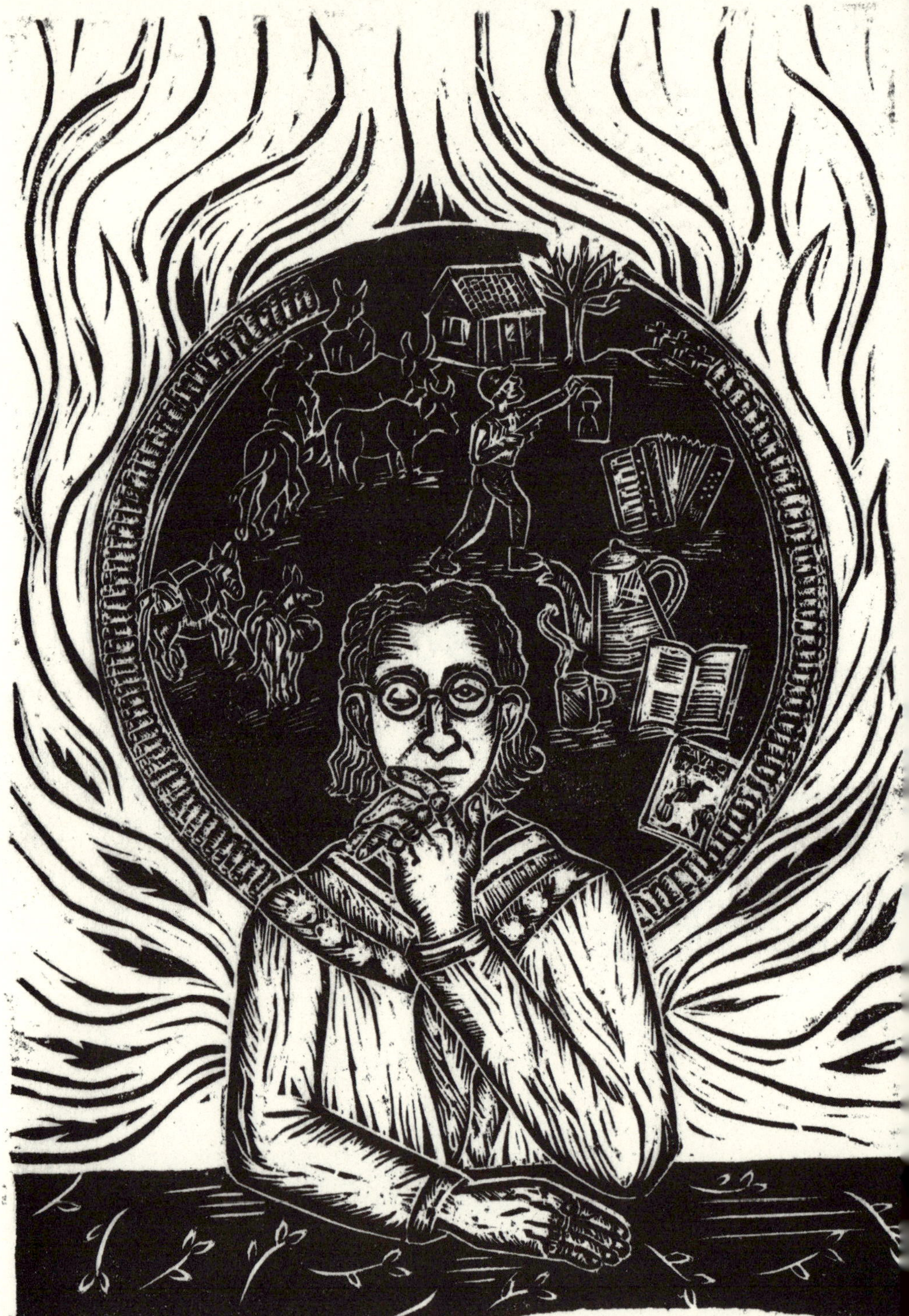

Da revolução à Santinha, as cartucheiras e a caligrafia

Valei-me, meu Santo Antônio,
por Maria concebida,
quem vem lá naquela estrada?
Será que busca guarida?
É amigo ou inimigo?
Traz a morte ou louva a vida?

Quem vem ao sol que castiga
o cocuruto dos montes?
Busca um remanso ou só cruza
as barras dos horizontes?
Busca o amor como as aves?
Busca as águas das fontes?

O coração bate forte,
ora para, ora acelera,
é brisa sobre os coqueiros,
é vento sobre a tapera,
é solidão que se vai
depois da penosa espera.

Passaram-se algumas semanas desde a primeira visita do bando à Malhada da Caiçara. Era final de 1928, e a vida seguia seu ritmo monótono, até porque o medo maior de Zé de Felipe, de ser descoberto pelas forças legais e denunciado como coiteiro, se mostrara infundado. Ao menos por enquanto. Uma visita de sua outra filha, no entanto, mudou um pouco a rotina do lugar. E, em breve, mudaria a vida não somente da família, mas de todo o cangaço.

A lida na cozinha sempre começava cedo, antes de qualquer coisa. Três das filhas de dona Déa, Antônia, Olindina e Amália, saíram em busca de ovos que as galinhas, criadas soltas, botavam nas moitas, onde faziam seus ninhos. Era preciso, antes do café, raspar as cinzas do fogão, repor a lenha e atiçar o fogo, soprando-o, até laborar. Em pouco tempo, as brasas atiçadas aumentavam a sensação de calor, a ponto de quase sufocar quem estava na cozinha. Sem aviso, um estalo rugiu, e o emaranhado de fagulhas quase queimou as pestanas de Maria. Sim, Maria, por enquanto "de Déa" – que o futuro retumbaria o nome rebatizado de Maria Bonita –, lá estava, depois de mais uma briga com o marido, o remendão Zé de Nenê.

– Santa Luzia, valei-me! – A moça se benzeu e manteve os olhos baixos como se riscasse uma história no chão entre as chispas cuspidas pelo fogão.

– O que foi, minha filha? – perguntou dona Déa, ainda ritmada na toada do pilão.

– Coisa ruim que me passou pelas ventas, mainha, um descarrego dos meus pensamentos, e quase queimo a capela de meus olhos!

– Nossa Senhora, filha! – Ao sinal da cruz, a mãe repetia: – Foi *visage*?

O sonho de Lampião

Maria esfregou os olhos e passou a alinhar os fios soltos do penteado que suspendia seus cabelos, facilitando a lida. Naquele entremeio de silêncio, ainda observando os gestos da filha, a mãe esperou aflita por uma resposta. Não era pouco ter vislumbramento, uma intuição que guiasse a luz ou as sombras sobre o futuro. Com as águas turvas no sentimento, a filha respondeu:

– E precisa? No aperreio dessa vida, nem é preciso vir do sonho ou de alumbramento ou outro jeito que a intuição avisa. Na pouca idade que tenho, já tive tanta prova do que não presta que o meu juízo conhece de pronto o perigo e cada trama de minha sina.

– Traz espinhos de xiquexique na língua, moleca. Suas palavras furam o couro da gente, filha. Será que não consegue assossegar esse coração? Se quiser, mais tarde a mãe faz brevidade pra amansar seu paladar e essa caixa de corda guardada no seu peito.

– Não tem rapadura que adoce minha vida, mainha. O que eu preciso é soverter[3] daqui, arranjar vida nova ao lado de quem tenha brio e saiba bem valorizar a mulher que prepara junto dele o roçado do destino. É pedir muito?

Maria tinha por volta de dezoito anos, e sua pele acobreada combinava bem com as mais finas rendas de bilros e adornos de ouro brilhantes como os seus olhos. Desde os quinze anos era casada com José Miguel da Silva, apelidado Zé de Nenê, residente morador de Santa Brígida, um cabra dado a zanzar atrás de rabo de saia em bailes e festas, razão pela qual o casal perdera a conta dos rompimentos em idas e vindas da mulher para a casa dos pais, o que lhe pesava enorme cansaço no rosto.

---
[3] Sumir, desaparecer, fugir. (N.A.)

Zé de Felipe fazia muito gosto naquela união; achava o genro promissor, tinha profissão definida e era talentoso em seu ofício. Embora desse guarida para a filha cada vez que surgia um disse me disse com arranca-rabo que custava tapas para além de ofensas proferidas por Zé de Nenê contra Maria, as coisas entre eles não fugiam do aceitável para os costumes da época e do lugar.

Pelo avesso disso, dona Déa não só desgostava da forma como o genro tratava sua filha como o considerava um frouxo, galante apenas para as noites de arrasta-pés e bebedeiras e inapto para dar conta da esposa e de uma prole que nunca viera.

Nos últimos tempos, nas voltas das conversas entre dona Déa e Maria, a moça repetia com peculiar entusiasmo o nome de um homem famoso por colecionar aventuras e inimigos, o mesmo que estivera em casa de sua família havia poucas semanas. O suspiro dela pode ter servido para atrair de forma mística ou magnética aquela anunciação que se ouviria em poucos segundos.

O rebuliço na estradinha estampava a chegada de uma turma na casa do sítio Malhada. O pai alcançou a porta, na certeza de que era Zé de Nenê vindo buscar a mulher, com a ignorância costumeira – afinal, fazia alguns dias que Maria estava com os pais, arrefecendo os ânimos, bordando e escapando, vez por outra, para algum divertimento ali por perto. Mas, para espanto de todos, inclusive da moça casada, a visita era de natureza mais nobre e, também, mais temida.

Trajando alpercatas de couro que quase lhe alcançavam a altura dos joelhos, óculos de grau, postura imponente, Lampião saudou o sitiante, a quem já considerava, mais do que um coiteiro, um amigo. A surpresa da visita, no entanto, causou-lhe sobressaltos, lembrando que Maria, sua filha, se achava em casa, com umas conversas esquisitas partilhadas somente com a mãe. Os cabras, conforme acordado com o chefe, ficaram na altura da cancela, guarnecendo aquela chã.

Maria esgueirou o olhar e alcançou a luz refletida pelas lentes sobre os olhos dele. Devaneando, pensou que decerto procuravam por ela, mulher perdida dos costumes, atirada à má fama de largada pelo marido. Contudo, não era do seu feitio encolher os ombros, e assim se mostrou quando a pisada determinada do homem atingiu a cozinha. Lampião, que já se sentia de casa, esperava que dona Déa ou uma das meninas lhe servisse um copo de água.

– Com licença.

– Faz favor, Capitão – respondeu não dona Déa, mas sua filha, que herdara dela a coragem.

– Capitão já é de casa, filha – completou a mãe, que nutria indisfarçável simpatia pelo famoso bandoleiro.

A voz da desconhecida soou como música para ele. Ao avistar Maria, com um vestido azul-turquesa que realçava seus traços, Lampião ergueu a mão para tirar o chapéu em sinal de respeito.

– Satisfação, moça. – A voz dele retumbou de estancada do pilão de sua mãe, que não trabalhava diante de presença tão ilustre.

Os dedos miúdos diminuíram ainda mais entre os muitos anéis exibidos pelos longos dedos da mão dele. Tocando a mão do homem, Maria viu que seu couro curtido ao sol, ao contrário do que imaginara, não era de todo áspero, e havia um calor reconfortante na forma como o cumprimento se estendia da palma da mão aos olhos, que se projetavam para olhar para dentro dos olhos dela.

Dona Déa se adiantou, dizendo a ele como era novamente bem-vindo naquelas paragens, ofertou cadeira, guarneceu a mesa com um prato bem servido de macaxeira cozida para comer com manteiga de garrafa e foi botando outros comes para garantir os beliscos antes do almoço, que seria servido conforme os costumes. A sede foi afastada com água fresca do pote. O Capitão pediu licença para aceitar os préstimos da senhora da casa, mas não sem antes convidar a filha dela para se sentar junto deles, embora o pai, que o acompanhava à mesa, titubeasse diante do convite à moça, mas conseguiu calar qualquer tipo de manifestação de sua boca.

– O que podemos fazer pelo senhor, Capitão? – adiantou Zé de Felipe.

– Não quero entrar em assunto meu, por agora. Primeiro, quero mesmo é saber do senhor, seu Zé – disse ele, olhando diretamente para Maria. – Ainda não conhecia a moça; da outra vez que passei por aqui, ela não estava.

– Tinha gosto de conhecê-lo, Capitão – atalhou Maria, fitando o homem de baixo para cima.

– O que faz por aqui na casa de seu pai e sua mãe? Ouvi dizer que a senhora é casada, e o marido não deveria negar de dar atenção pra mulher tão formosa. – As palavras dele, como se servissem para isso, contornaram as pernas roliças de Maria.

– Pois, nesse caso, sou eu mesma que não tenho mais disposição pra dar atenção. Nem todo homem presta pra marido – retrucou ela.

– Pelo que percebo aqui, dona Déa, a conversa na cozinha tem muita história a prover... – Nesse momento o Capitão endireitou os óculos na face e, sem disfarçar, olhou um pouco mais para Maria.

Zé de Felipe tentava não demonstrar, mas resfolegava de nervoso, percebendo o rumo perigoso que a prosa ia tomando, enquanto dona Déa sossegava o coração pensando no destino da filha longe do traste do genro que ela detestava.

O sonho de Lampião

E, ao contrário do que se esperava de uma mulher na sua condição, Maria encarou Virgulino, atravessando as lentes redondas que destoavam de seu rosto anguloso:

– Pois, olhe, o povo gosta de falar da vida alheia, e eu não condeno; ao contrário, falo junto, se for o caso, mas sobre mim, digo antes do povo e repito, porque mulher casada nenhuma deve servir de capacho de macho. Ainda mais mulher que saiba se dar ao respeito, ao devido valor. Eu sei! Por isso mesmo, rumei pra casa de mainha e aqui ficarei quanto tempo for preciso, labutando sem cansaço, desde que distante daquele arremedo de homem, que, aliás, nunca serviu pra ser chamado por mim de marido. Pra junto dele é que não volto! – E se pôs a mexer nas panelas com as mãos, os braços com a ciranda da cintura acompanhando os movimentos, o que dava vista completa, para satisfação de Virgulino.

Foi a deixa para Zé de Felipe entrar na roda:

– Isso lá é modo de falar, menina? Tome tento, essa conversa fiada só aborrece o Capitão. Trate de se encolher cuidando do serviço junto de sua mãe, porque hoje tem muita boca pra alimentar nesta casa!

Maria não respondeu ao pai, e ele continuou puxando assunto com o convidado de honra:

– O senhor não prefere se sentar ali na varanda, deixando a cozinha pras mulheres? O revés do pilão e da colher no mexe-mexe da comida só interessa mesmo é pra elas. Esse conversê ao pé do fogão já deve ter passado do ponto pra um homem ocupado como o Capitão. Lá fora, os homens podem falar mais à vontade...

– De forma alguma, seu Zé. Aqui na cozinha é onde a prosa mais rende. Maria, pode se sentar junto de nós, largar um pouco essa moeção, afinal de contas quero saber o que se passou por essas bandas, e me agrada muito mais quando a história é contada por voz delicada. Digo isso com todo o respeito, dona Déa, pois sua filha ainda é mulher compromissada.

A fala de Virgulino, denunciando seu interesse explícito na filha, não passou despercebida por dona Déa. Zé de Felipe ia dizer mais qualquer coisa, e bastou um rabo de olho de Lampião em sua direção para que se contivesse, permitindo que a filha não só se sentasse à mesa como também manifestasse opinião em tudo que lhe era perguntado.

A mãe se juntou à filha, puxando uma cadeira para si em consideração ao convidado da casa, e tratou de desfiar o novelo da filha para não deixar a moça constrangida em contar os detalhes de sua tragédia.

– Minha filha é mulher feita, Capitão; por sorte, o desinfeliz do marido não serviu nem pra fazer um filho nela. Eu vou dizer pro senhor, sem pestanejar: o sujeito viveu esse tempo todo de sem-vergonhice, e sobrou pra Maria a má fama de mulher deixada à própria sorte. Ora, o senhor veja só, como é que uma mulher pode confiar sua vida ao lado de um requenguela que só se mete em patifaria? Digo com certeza, a valente Maria, fosse casada com um homem de palavra feito o senhor, seria das esposas mais leais que esta terra já viu.

Não causava estranheza a franqueza da mãe desdenhando o genro. Nunca fora de seu gosto aquele casamento, muito menos as coças que a filha levava. Por dona Déa, Maria não teria dado confiança a Zé de Nenê nem para esfregar seus calcanhares, muito menos para assumir "o sagrado laço do matrimônio". E, como tinha confiança na justiça divina, não via mal em considerar desmanchado um

O sonho de Lampião

enlace desgracento daqueles; ademais, tomava como sinal divino a falta de uma criança para preencher o ventre de sua filha Maria durante aqueles anos de sofrimento.

Lampião apanhou uma faca e lascou um pedaço de carne de sol enquanto mirava Maria com o canto de seu olho bom. Ela não correspondeu encarando o homem, mas sentiu uma onda de calor que chegava em sua direção, reluzindo do aço da lâmina à face daquele que se tornaria o grande amor de sua vida e de sua morte.

Zé de Felipe, tentando mais uma vez inserir-se na conversa e relembrando a longa narrativa da vida de Lampião, desde o último encontro teceu uma breve fala, temperada com medo e lisonja:

– Capitão, com o talento que tem, sendo repentista ainda por cima, certamente está escrevendo sua história... – Enquanto falava, o homem fazia sinal para Virgulino na intenção de encher um copo com boa cachaça para lhe agradar mais ainda, o que ele permitiu de pronto.

– Fazer história eu faço, seu Zé, no entanto, não é pra qualquer um essa vida errante, no meio do mato, com os macacos nos mocotós.

– Melhor uma vida assim que vida nenhuma – suspirou Maria.

A insinuação não passou batida por Virgulino, que, encarando a matriarca em vez da filha, perguntou:

– Será que a senhora ia querer uma vida dessas pra sua menina, dona Déa?

A pergunta secou a goela da dona da casa, que ficou sem resposta. De pronto, a filha soltou do pensamento aquilo que o homem queria ouvir.

– Isso o senhor deveria perguntar diretamente pra mim, Capitão. Afinal, por onde e com quem eu ando é implicância somente para o meu destino, e, como mainha mesma disse, sou mulher feita e posso decidir sozinha os meus passos – rebateu Maria, sem notar a expressão desolada de seu pai, novamente escanteado da conversa.

– Eita, que essa menina chega a me lembrar de mim mesmo – elogiou Lampião. – É desse tipo de coragem que eu estava falando. Minha vida com o grupo tem sido de emboscadas e fugas, um enfrentamento atrás do outro, nenhuma noite desarmado da violência de tomar um bote, e olhem que não estou me referindo às cobras, pois sou devoto de São Bento, e para essas dou passagem.

– Que mal lhe pergunte, o senhor escolheu essa vida por quê? – perguntou Maria.

– Algumas coisas não são feitas de escolha, não, senhora. Posso dizer decerto que eu não poderia contrariar o que o destino reservou para mim. Bem antes de conhecer o cangaço, minha ideia de viver a vida era outra, completamente diferente. Como almocreve, conheci os caminhos desse mundão. Em casa, não era só de capinar na força da enxada, vestir arado bruto, correr atrás de barbatão no meio do tabuleiro... Eu era artista, tocava minha-pé-de-bode[4], e minhas irmãs diziam que eu fazia isso muito bem. No mais, desde moleque eu era tinhoso pra lidar com as pessoas. De pequeno, eu com bodoque, mira é que não me faltava. Bastaram poucos meses na escola pra que eu aprendesse o bê-á-bá, desenhasse nas linhas as palavras, ficasse pronto pra ler, escrever e contar a minha história.

– Fosse pra botar por escrito, assim, palavra embaixo de palavra, tudo esticadinho no romanço pra contar ao povo na praça à tardinha, o que me diriam seus versos, Capitão?

---

[4] Sanfona de oito baixos. (N.A.)

O sonho de Lampião

– Maria, não tenho pretensão de ser poeta. Como eu disse antes, aprendi as letras por pouco tempo nos bancos da escola. Falta-me instrumento pra bordar coisa fina com rima, como fazia mestre Leandro Gomes, usar verso de encantar ouvidos delicados como os seus. Mas, repare, embora eu não seja diplomado, ninguém me passa a perna no dito falado ou no posto escrito em papel, porque inteligência e tino tenho de sobra.

– Duvido que não saia poesia de um homem como o senhor.

– Dito desse jeito, moça, por lábios tão bem desenhados, fico tentado a ser ousado o suficiente pra estender nas rimas uma parte da minha vida.

Todos se calaram, e até mesmo as cartucheiras prestaram atenção nos dizeres desenhados pela caligrafia de Virgulino.

Por minha infelicidade
Entrei nesta triste vida.
Não gosto nem de contar
A minha história sentida.
A desgraça enche o meu rosto,
Em minha alma entra o desgosto,
Meu peito é uma ferida.

Quando me lembro, senhores,
Do meu tempo de inocente,
Que brincava nos cerrados
Do meu sertão sorridente,
Sinto que meu coração,
Magoado de paixão,
Bate e chora amargamente.

Meu pai e minha mãe querida
Quiseram me ensinar.
No seu colo carinhoso,
Ela ensinou-me a rezar
E, à luz dos pirilampos,
Ele ensinou-me nos campos
Eu, menino, a trabalhar.

Cresci na casa paterna,
Quis ser um homem de bem,
Viver só de meus trabalhos,
Sem ser pesado a ninguém.
Fui almocreve na estrada,
Fui até bom camarada
E tive amigos também.

Tive também meus amores,
Cultivei minha paixão:
Amei uma flor mimosa,
Filha lá do meu sertão,
Sonhei de gozar a vida
Bem junto à prenda querida
A quem dei meu coração.

Hoje sei que sou bandido,
Como todo o mundo diz,
Porém já fui venturoso,
Passei meu tempo feliz
Quando no colo materno
Gozei o carinho terno
De quem tanto bem eu quis.

O sonho de Lampião

*Meu rifle atira cantando
Em compasso assustador,
Faz gosto brigar comigo
Porque sou bom cantador.
Enquanto o rifle trabalha,
Minha voz longe se espalha,
Zombando do próprio horror.*

*Nunca pensei que na vida
Fosse preciso brigar.
Apesar de ter intrigas,
Gostava de trabalhar.
Mas hoje sou cangaceiro,
Enfrentarei o balseiro
Até alguém me matar.*

*Quando pensei que podia,
O caso estava sem jeito.
Vou dar trabalho ao governo,
Enfrentar agora de peito
E trocar bala sem receio.
Morrendo num tiroteio,
Sei que morro satisfeito.*

Tão atenta Maria estava ao poema que nem sequer se deu conta de que dois filetes de água corriam, irrigando a face morena da futura rainha do sertão.

– Isso é bonito demais. Triste, mas bonito...

– É a minha vida, o meu destino. – E estendeu um lenço bordado para colher as lágrimas daquele rosto que ele não se cansava de encarar.

– E talvez seja o meu também – completou a moça, sem olhar para o pai, cujos olhos, aboticados, ameaçavam saltar da face.

O silêncio que se fez denunciou o que estava por vir. Ninguém por ali era inocente a ponto de não saber que não precisava mais nada para o Capitão tomar a frente e resolver de uma vez por todas a situação junto ao marido da moça. Quando Lampião se levantou e tomou a direção do terreiro, sob o olhar de seus cabras, Maria o acompanhou, sorrateira, como quem não queria nada, mas, no fundo, desejava tudo.

Estava explícita a situação. Tamanha era a vontade de viver que, pavorosa, extrapolava nos gestos e nas palavras do Capitão e de sua cabocla, para desassossego do pai de Maria. Os cangaceiros, conhecedores que eram de si próprios e do líder do bando, sabiam o que vinha pela frente, muito embora, até aquela ocasião, as histórias de romance fossem contornadas por alguns dias de descanso em boa cama, entre os braços da mulher que laçassem, regadas a cachaça e forró, bem distantes de compor com a jornada do cangaço.

Antes de partir com seus homens, Lampião chamou Maria à parte e pôs em suas mãos alguns lenços de seda.

– Para que isso, Capitão?

– É pra eu ter motivo pra voltar à Malhada. Peço que você borde esses lenços pra mim, Santinha. – Pela primeira vez Lampião a chamava pelo apelido carinhoso, indício de crescente intimidade. – Dona Déa me confidenciou que melhor artista não há. Daqui a duas semanas, se Deus permitir, volto para buscá-los.

O sonho de Lampião

O coração de Maria, naquele momento, começou a bater fora do compasso. Suas irmãs, que já haviam retornado do mato, agarraram os lenços, quinze ao todo, deslumbradas com a beleza deles.

– São de seda mesmo, Capitão? – quis saber Amália, para desconforto da mãe, temerosa da reação de Lampião à desconfiança da filha.

Lampião não se incomodou nem um pouco. Garantiu que os lenços eram legítimos, recolheu todos e, num gesto maroto, jogou-os para o alto. Os lenços ficaram grudados no teto, comprovando que eram feitos da mais pura seda chinesa.

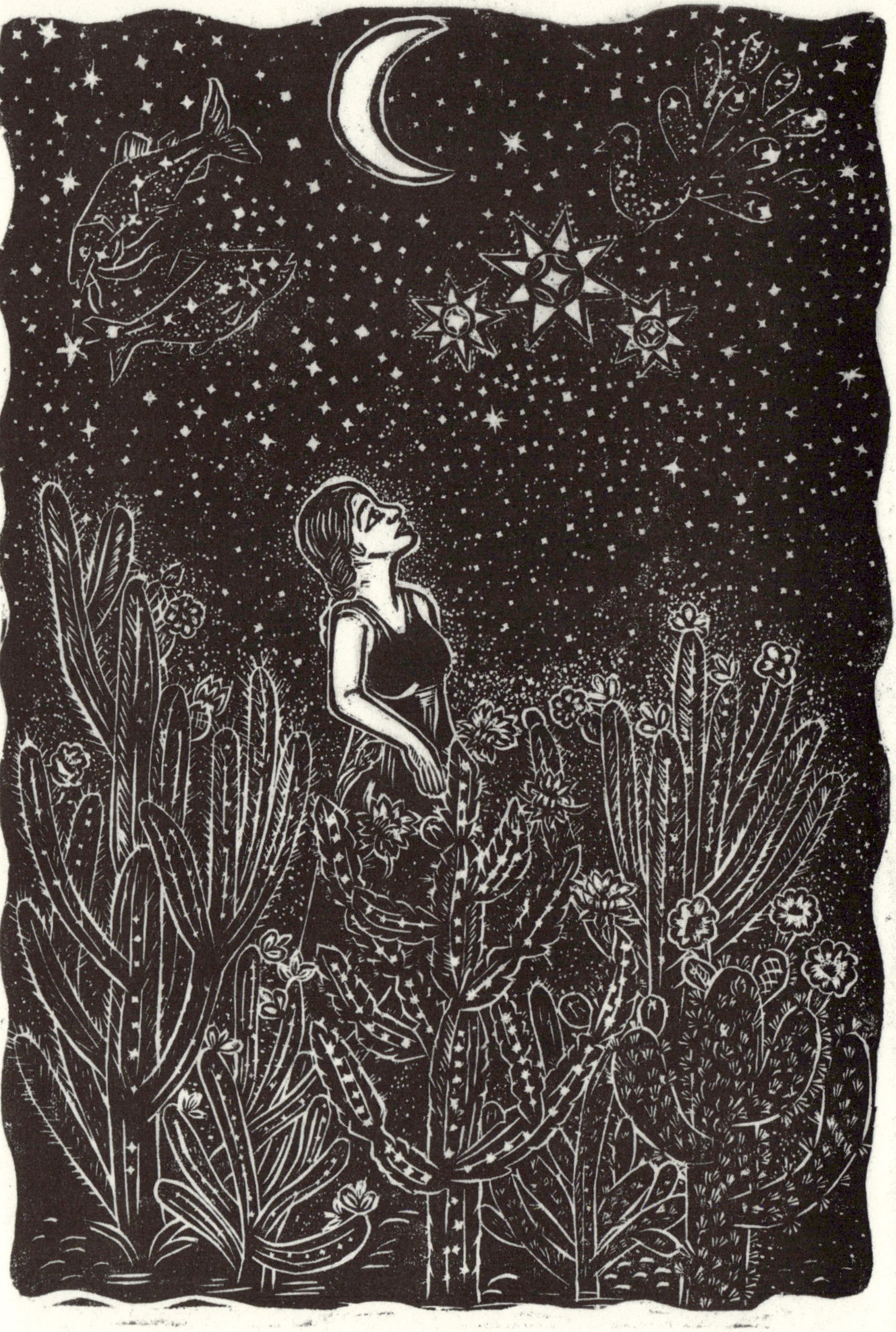

Céu bordado de estrelas, mandacaru fulorando

Eu vi o céu estrelado
das noites do meu sertão.
Nele encontrei as estrelas
do chapéu de Lampião,
três Marias desenhadas
por uma divina mão.

O rei encontra a rainha
nas brenhas do pé de serra
e murmura ao ver no rosto
a beleza que ele encerra:
Tem três Marias no céu
e uma Maria na terra.

Por Deus, e por meu padrinho,
pela rua da agonia,
pelos cravos, pela rosa,
pelos cerros da Bahia,
troco as Marias do céu
pelo beijo de Maria.

Lampião não voltou em duas semanas, conforme havia apalavrado. Passaram-se mais algumas até o retorno do rei do cangaço e sua corte de bandoleiros. Para a polícia, eram os bandidos mais temíveis de todo o Nordeste. Mas, para Maria, que, inquieta, sonhava todos os dias com aquele retorno, era como se Carlos Magno e os doze pares de França tivessem saído das páginas de um velho livro para cavalgar o chão pedregoso da Bahia. Talvez por isso mais de uma vez ela tenha escorraçado Zé de Nenê, que tentara em vão reatar uma relação que, para passar de moribunda a defunta, bastou que Maria pusesse os olhos em Virgulino:

– Me deixe em paz e vá lamber sola, cara de suvela!

Um dia, finalmente, a voz que ela ansiava ouvir trovejou no batente:

– Ô de casa!

– Ô de fora! – Zé foi quem respondeu, já sabendo de quem se tratava.

O patriarca dos Gomes de Oliveira abriu a porta, removendo a pesada tranca, e, ajudado pelas outras filhas, foi servir os membros do bando, espalhados pelo terreiro. Lampião, por seu turno, estava exultante por reencontrar a cabocla bonita e insubmissa que conhecera semanas antes, sem esconder o sentimento que nutria por ela.

Maria abriu um baú que ficava em um canto da sala, no qual sua mãe guardava os panos de costura, e de dentro tirou os quinze lenços deixados por Virgulino. Cumprira o prometido. De suas mãos hábeis havia nascido estrelas, motivos florais e arabescos, peixes do rio São Francisco e criaturas encantadas que saltaram dos contos fantásticos de Trancoso e dos folhetos de cordel para compor beleza na delicada seda. O cangaceiro fez questão de correr com os dedos

O sonho de Lampião

cada detalhe do bordado, como se os desenhos nascidos dos fios contassem histórias que a sua imaginação ampliava.

A lua, escalando preguiçosamente os morros, ainda não reluzia em todo o seu esplendor. Maria, sim. Seus pés tocavam o chão e sustentavam as pernas dançarinas que não se deixavam ver por inteiro, vestidas de chita para cima dos joelhos. Ah, os joelhos bem-feitos e as mãos pequenas que por vezes passeavam da cintura aos cabelos ondulados com maliciosa ternura. Sua pele morena cintilava mais do que qualquer constelação destinada a enfeitar o manto do céu.

Aproveitando o momento com o qual sonhava havia tempos, machucada por muitas desilusões e pelas mãos calosas do marido remendão, ela enxergava no homem que estava à sua frente o futuro companheiro de venturas e desventuras, e na vida errante do cangaço a liberdade de exercer, nos raros momentos de paz, o direito ao amor e à liberdade.

– Está vendo aquele pé de umbu? Ali na frente, ao lado do mangueiro dos bodes? – ela perguntou, apontando o umbuzeiro.

– Sim. O que tem ele? – A resposta, ou melhor, a pergunta de Lampião, seca, contrastava com a ternura de sua voz.

– Depois que enjoei de brincar de boneca, no fim do dia, quando o sol descambava no horizonte, eu costumava ficar ali embaixo, olhando no sentido oposto, em busca de um príncipe encantado, como os das histórias contadas por minha mãe.

– E ele veio?

– Veio e não veio. Quer dizer, veio como príncipe, mas, ao contrário da história, voltou como sapo. Sapo sapateiro – completou ela, tentando brincar com a sonoridade das palavras.

E narrou as agruras e desilusões do casamento que, aos trancos e barrancos, havia durado três anos. Os elogios ao marido ela só atribuía à boca alheia, pois, quando enfadada, ouvia nas vozes da família e da vizinhança sua sorte e as benesses de ser casada com homem de ofício definido, profissional de requintada experiência na artesania de um bem desejado por todos – afinal, como profetizavam em ladainhas, não havia em canto algum pés descalços que não almejassem o conforto e a proteção de um bom par de sapatos.

Lampião, aproveitando o raro momento de privacidade, começou a se livrar das pesadas cartucheiras. No movimento despropositado dos braços alongados do homem, dada a proximidade desmedida da mulher, os seus dedos encontraram os cabelos negros de Maria, que suspirou, antes de se afastar uns dois passos, zombeteira:

– O senhor não sabe que não se pode bulir com as moças de Zé de Felipe?

– Por mode quê? – perguntou Lampião, entrando na brincadeira. – Eu sou um homem sério e assumo os meus compromissos.

– Mas eu já sou compromissada.

– Então é hora de descompromissar – falou, imperativo, o rei do cangaço.

– Mas não se pode casar de novo quando já se fez os votos, só amigar.

– Amigado com fé casado é – sentenciou Lampião, encerrando aquele jogo com um dito jocoso, o que fez ambos caírem em sonora gargalhada.

Não precisaria de muita conversa entre os dois para apurar que os interesses eram idênticos. Lampião olhava para dentro dos olhos de Maria, e ela, ainda que fosse mais jovem e menos vivida do que ele, retribuía com o mesmo espírito. Crença ou costume não os impediria de dizer ou fazer o que quisessem. Enfeitiçados um pelo outro como se fossem uma coisa só, nada podiam fazer contra os ditames arrojados do destino.

Começado o enlace, Maria de Déa partiria da casa dos pais levando consigo pouco ou quase nada, vestida de liberdade, bravura e anéis distribuídos pelas mãos. O próprio Capitão foi quem escreveu o bilhete ao seu marido, José Miguel da Silva, o tal Zé de Nenê, relatando os fatos, documentando o ocorrido, deixando esclarecido com cortes nos *tês* e pingos nos *is* que, daquele momento em diante, Santinha, como rebatizara sua Maria, estava com a vida enredada pela caligrafia do amor verdadeiro ao cangaço, que essa era uma escolha dela mesma e, como tal, não seria contrariada.

A paisagem da serra do Umbuzeiro exibindo seus cactos a explodir das funduras da terra reforçava as inúmeras ambiguidades experimentadas pelo bando de Lampião. Para os conhecidos no assunto, as espécies de cactos poderiam ser distinguidas facilmente, mas não eram de uma biologia fácil para quem não se ocupasse de fitá-los debaixo de sol escaldante e em longas noites assombradas pela zoada das balas.

Os braços altos e peraltas do espinhento facheiro não se deixavam confundir com as miudezas crespadas que exalavam perfume de frutos globosos e tintos na cor maravilhosa do xiquexique. O mandacaru, ostentoso, florava feito uma floresta de estrelas alvas que desabrochavam, chamando chuva e alcançando o manto escuro do céu bordado de faíscas.

Ali por perto, uma passagem estreita entre as rochas ganharia para sempre o nome "Buraco de Agulha" e, como bem lembrada a parábola lida entre cruzes pela boca das beatas nas missas de domingo, deixava passar da riqueza apenas o que fosse legítimo daquele lugar, contando a humildade dos passos que encaram a face do perigo na sobrevivência desértica e reacendendo a própria fé para ditar uma condição de viver, apesar do viés que o destino pudesse vir a impor.

Era assim que imperava a beleza de Maria, uma rainha coroada por flores e espinhos em chão respingado por suor e sangue. Fosse ter patente, decerto seria de alto escalão, mas para isso não servia sua condição de mulher, por maior que fosse sua bravura, embora em alguns momentos viesse a crer, por deslumbramento da adoração que dele colhia, que sua vontade se sobressaía com palavra mais importante que a do Capitão Lampião, além de respeitada pelos demais homens do bando.

O cangaço era um modo de vida muito anterior a Lampião. A vegetação retorcida da caatinga e o solo pedregoso testemunhavam as agruras da vida daqueles que tinham resolvido viver sem abrigo certo e sem hora marcada para matar ou morrer. Perseguidos pelas volantes, a mando do governo, e pelos cachimbos[5], na força da vingança, os cangaceiros não tinham paz nem debaixo do sol escaldante nem quando o breu da noite trazia uma fresca e junto dela surgiam sombras e sons capazes de confundir a vista e os ouvidos das mentes mais astutas e corajosas.

Maria se parecia com Virgulino na origem simples – famílias sertanejas com recursos modestos. Se ele andara pelas estradas de Pernambuco, comerciando com o pai, ela ficara ao lado de seu pai e sua mãe, acompanhando a labuta para sustentar a família com a criação de alguns poucos animais e o plantio de milho, feijão e mandioca. Junto de sua família, eram muitas bocas dentro daquela casinha de

---

[5] Sujeitos que perseguiam o bando de cangaceiros em busca de vingança pessoal. (N.E.)

reboco do sítio, da qual o conforto passava longe e onde, para dormir, os corpos se estendiam em redes e esteiras sobre o chão batido.

Independentemente de juízo de valor, o comportamento arretado de Maria e o ímpeto de Virgulino eram, sobretudo, condições para resistirem àquele latejar de sobressaltos da vida que ambos conheciam desde a mais tenra idade.

Aos trinta e um anos, Lampião ilustrava jornais de todo o país, sempre como título nas manchetes sensacionalistas nas quais podia ser retratado de famoso bandido a rei do cangaço, passando por outros adjetivos menos honrosos ou depreciativos. A literatura de cordel, já com vasta produção sobre o bandoleiro, expondo não só seus crimes como também suas supostas atitudes humanitárias, ia criando em torno dele uma auréola de mito.

O crepúsculo era ameaçador nas jornadas, com o lusco-fusco tonteando a paisagem do sertão, confundindo o olhar vigilante da cambada. Por vezes a lua ensaiava o brilho e demorava para tomar o céu da noite, e nesse momento, durante a espera de melhor luz, o Capitão tensionava um bocado o bando para redobrar os cuidados, afinal de contas as volantes podiam se aproximar sorrateiramente, aproveitando-se de alguma desatenção.

Se Maria se aproximava puxando conversa, Virgulino respondia bruto ou adocicado, a depender de seu humor. Por vezes, era ele quem tergiversava.

– Eu poderia ter seguido o caminhar de meu pai, trabalhando tranquilamente, ser o rei das estradas.

– E eu, aprimorando o jeito, entornando talho em leite de cabra pra fabricar queijo de primeira qualidade, requeijão de corte e até a mais fina manteiga.

— Santinha administrando nossa fazenda, e eu fazendo o quê? Cuidando de vender nossos préstimos pelos melhores preços. Faríamos fortuna. Seria uma vida danada de boa, não seria?

— Quando não estivéssemos cheirando a bode ou a coalhada, seria, sim, senhor. — E riu como sempre, espalhafatosa, como se fosse dona de mandos e desmandos.

— Pois até cheirando a bode eu fungaria a noite todinha em seu cangote.

— Mas, homem, a gente seguindo junto sem emoção nenhuma, nada de volante, nada de enfrentamento, nenhuma travessia arriscada, seria apenas mais uma vida dada a comer e botar pra fora... e isso não conjumina com nosso feitio. Duvido que exista felicidade na pasmaceira.

— Então a minha mulher ousa preferir o cruzado de balas?

— Se for a preferência, podemos pensar numa terrinha, uma roça ajeitada, e por que não uma meninada correndo por ali, livre de perigo? Mas, se for preciso encarar a morte depois de uma vida bem vivida ao seu lado, não vou esmorecer.

— Baião de dois, eu e tu. — E agarrou Maria pela cintura, apertando o corpo pequeno contra o seu, enquanto ela retribuía enlaçando o pescoço de Lampião para beijá-lo.

Naquele instante, o que cabia era arriscar o couro e a vida numa escapadela para se amarem sob a luz da lua, que já enchia o céu com seus raios prateados, deixando ainda mais vistosa a mulher aos olhos de seu homem. Seguiram a passos rápidos, de mãos dadas, para se deitarem perto das estrelas e longe dos olhos dos outros, embora o tempo que tinham para usufruir de tal desassossego fosse menos do que era dito como breve. Mais do que isso não poderiam, embora fosse bom sonhar com um namoro de dias e noites fulorando mandacarus por baixo do manto estrelado.

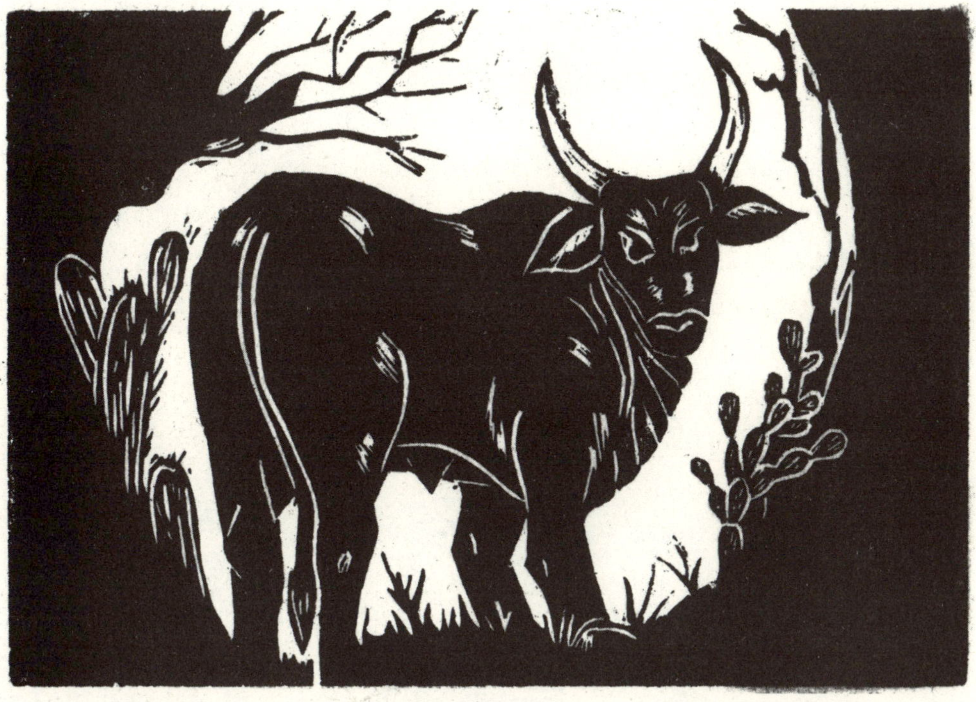

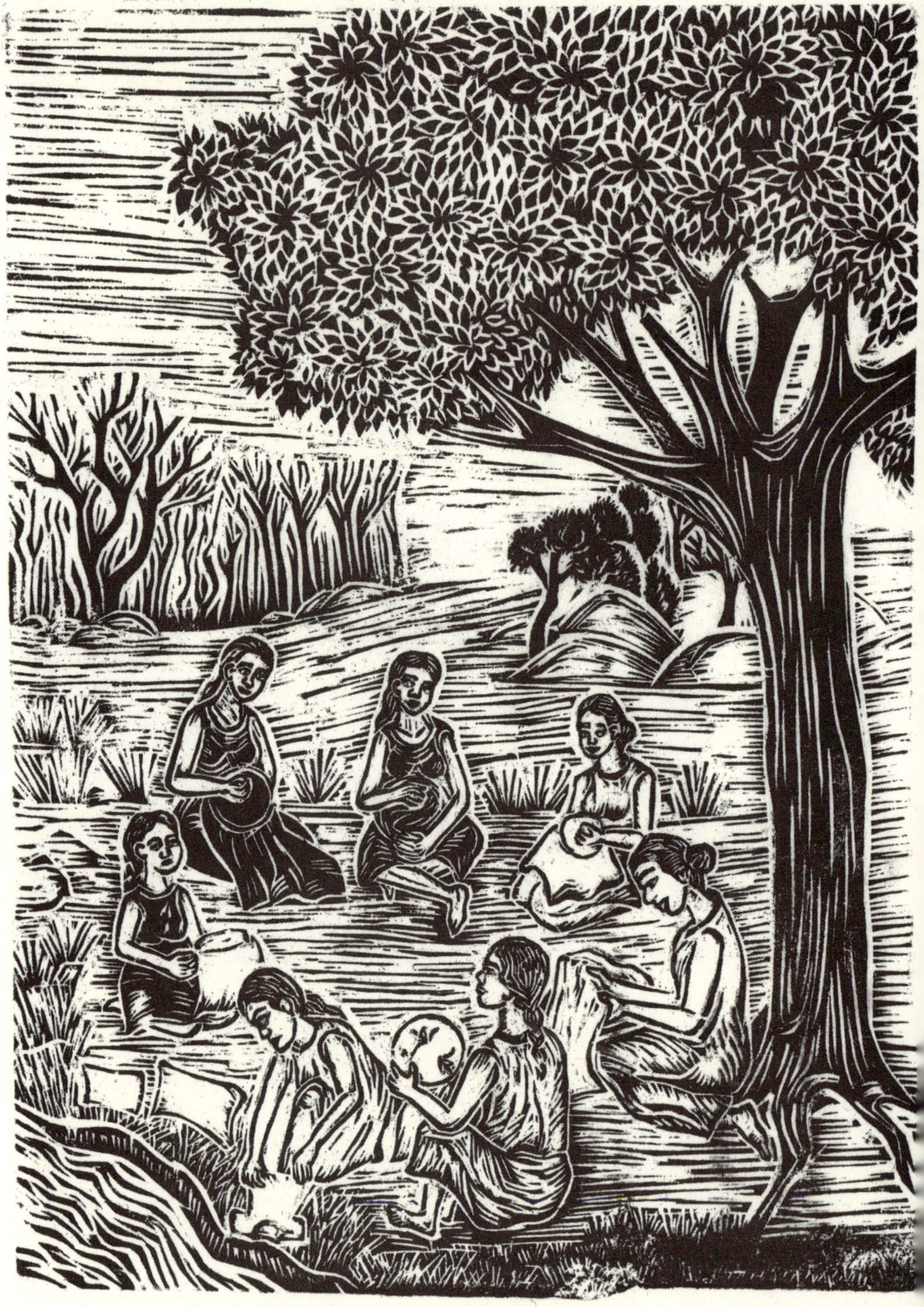

O fio da vida e da morte unindo muitos destinos

Mãos que tecem muitos fios
do capucho do algodão
também seguram as rédeas
e mudam de direção,
buscando novos caminhos
pelas sendas do sertão.

Mãos que se agarram à vida
quando ela cisma em correr,
mãos que amparam quem nasceu,
que benzem quem vai morrer,
mãos de todas as Marias
que o mundo finge não ver.

Vida de mulher no sertão nunca foi fácil. Nunca foi fácil em lugar algum, mas, em meio às agruras da seca, ou mesmo nos tempos de escassez, fosse nos vastos e confortáveis cômodos da casa-grande, fosse no aperto das casas de pau a pique, ser mulher significava desempenhar papel secundário, sob o risco de sanções que iam da violência psicológica à violência física, culminando na negação do direito à existência. Resistência sempre houve, como prova o exemplo de Anésia Cauaçu, na Bahia, que se viu obrigada a pegar em armas desde que sua família foi chacinada pela família Gondim, em Jequié, na aurora do século XX. Não por acaso, pouco se sabe dessa personagem que corporificou o espírito do cangaço muito antes de Maria de Déa, conhecida pela alcunha de Bonita tanto para desfavorecer sua ousadia e coragem quanto para enaltecer o homem que tinha a sua companhia com lealdade e fidelidade, sim, sendo esta última uma obrigação e motivo para encerrar a vida de qualquer uma que pisasse fora da linha monogâmica de propriedade do marido.

Com Anésia foi bem diferente. Nascida em 1894, depois de sucessivas mortes de seus familiares, a jovem foi retirada de sua função familiar para tomar as rédeas e assumir posição importante na conflagração sertaneja. Fumando em público, bebendo cachaça, desbancando inimigos com golpes de capoeira e chumbo grosso, a cangaceira se tornou quase uma igual aos homens de seu bando. Quase. Porque, no final das contas, a partir de 1916 desapareceu, e o próprio apagamento histórico posterior do nome dessa guerrilheira que decepou o dedo de um delegado a quilômetros de distância com sua mira infalível mostra a contínua perseguição contra as mulheres.

Maria de Déa, nascida em 1910, não ingressou no bando de Lampião estimulada pelas mesmas razões que Anésia. Ao contrário,

O sonho de Lampião

Santinha, no lumiar de seus dezoito anos teve no cangaço e em Virgulino uma resposta para o anseio da liberdade que não poderia viver como mulher casada com um homem "distinto", cumpridor da lei. Mas o que importava era que ambas conheciam o que era ser ceifada da humanidade, subordinada ao destino comandado pelas mãos dos homens, fossem maridos, fossem governantes de Estado, pais ou padres, cangaceiros ou volantes.

A bravura de todas elas se torna indiscutível e presente como símbolo em décadas vindouras. Em todas essas mulheres, a imperiosa sobrevivência se elevou, fosse como fosse, no enfrentamento com arma em punho ou no tato rebuscado de uma ternura que soubesse contornar as barbaridades que sofriam.

Tais centelhas, no entanto, eram insuficientes para alterar o cenário injusto em que se estabeleciam as relações entre classes e, no seio familiar, entre marido e mulher em um cenário dominado pela violência, pelo mandonismo e pela corrupção dos agentes públicos durante a República Velha e o Estado Novo, que já nasceu velho. O direito ao voto, negado à mulher e ao analfabeto, ou seja, ao pobre, constituindo a maior parte da população brasileira, dá ideia de como a liberdade sonhada desde sempre não passava de um simulacro. Casamentos arranjados, raptos e violências de gênero ditaram a tônica naqueles tempos de carrancismo e ajudam a entender o porquê, depois da admissão de Maria de Déa, de tantas outras mulheres se engajarem ou serem arrastadas para o cangaço.

Logo, mais de quarenta mulheres entraram para os bandos, alterando significativamente a rotina nos grupos e subgrupos, e também a rotina das volantes, que intensificaram as ações repressivas contra as famílias, com abusos que iam da tortura ao assassinato.

No entanto, os cangaceiros, com raríssimas exceções, não eram os heróis garbosos dos seus sonhos adolescentes. Possessivos, cruéis, não hesitavam em assassinar com requintes de crueldade suas companheiras caso desconfiassem de traição. Foi o que aconteceu com a baiana Lídia, considerada a mais bela das cangaceiras, amada e paparicada por Zé Baiano. O amor do cangaceiro, cognominado Pantera Negra dos Sertões, não resistiu à paixão de Coqueiro, cangaceiro covarde e libidinoso, que, rejeitado pela bela Lídia, delatou-a, assim como ao seu amante Bem-te-vi, ao marido da infeliz. Lídia terminou morta a pauladas por seu feroz marido, ante a passividade de todo o bando, e Coqueiro, o traidor, acabou sendo executado pelo próprio Lampião. Bem-te-vi, o pivô da tragédia, só não morreu porque conseguiu se evadir, aproveitando a confusão causada pelo tumultuado "julgamento" da infortunada cangaceira, sua amante.

Dadá, companheira de Corisco, resumia o cangaço como uma vida miserável, na qual se era obrigado a "dormir no molhado, andar no espinho, subir saltada, correndo, tomando tiro". Ela própria, Dadá, cujo nome de batismo era Sérgia, comeu o pão que o diabo amassou nas mãos de Corisco, que a raptou quando ela era ainda menina, brincando de bonecas, e a crivou de toda a sorte de violências e abusos.

Aos doze anos, tomada à força por Corisco debaixo das barbas do pai dela e dentro da casa da família, Sérgia foi levada pelo sequestrador no lombo de um burro até Juá, onde foi imobilizada dentro da mata e violentada. Com o corpo ferido a ponto de sofrer febres convulsivas, Dadá foi recomendada aos cuidados de dona Vitalina, que era tia do estuprador. A recuperação da saúde da menina anunciaria o restante de sua tragédia: viver ao lado do homem que a condenara à pior das desgraças, enquanto sua família era perseguida como acolhedora de bandidos, uma vez que a notícia espalhada era de que a menina tinha partido por vontade

O sonho de Lampião

própria – como se isso fosse opção para uma criança franzina e tímida como era Sérgia.

Sem horizontes, em um mundo hostil, acabou desenvolvendo por seu verdugo uma estranha afeição que talvez, aos olhos de hoje, não passe livre de recriminações. As muitas camadas envolvendo o drama do cangaço, no entanto, desaconselham julgamentos apressados. Dadá, assim como Maria, Sila, Durvinha, Lídia e tantas outras foram personagens que, na encruzilhada do destino, se viram arrastadas por um turbilhão que consumiu vidas e esperanças.

Podiam, por exemplo, como depôs Adília, pentear o cabelo e pintar o rosto, trajar belos vestidos, ostentar joias caras e dançar nos bailes perfumados, nas raras horas de descanso. Em contrapartida, como eram muitas as baixas, caso morresse o companheiro, se a mulher não fosse "adotada" por outro, gostasse ela ou não, seu destino quase certo seria a execução, pois, se fosse liberada para retornar à família, poderia dar com a língua nos dentes e revelar, além dos esconderijos, o nome dos colaboradores ou coiteiros, desmanchando toda a rede de relações e confiança urdida com muito trabalho.

Mas, em meio ao inferno dos combates, das fugas desabaladas no meio da piçarra às rivalidades e demonstrações de ciúme, compreensíveis em qualquer circunstância, havia entre aquelas mulheres algum espaço para a solidariedade, principalmente nos tempos de paz, quando se reuniam para os trabalhos manuais e podiam colocar a conversa em dia. Em uma dessas ocasiões, na véspera de Maria dar à luz, quem se achegasse à sombra do juazeiro que acolhia o grupo podia ouvir a conversa que se segue.

– Confio que no céu meus anjinhos velam por nós. Em algum canto eles espiam a vida que levamos aqui nesse aperreio de esconder nossos rastros dos olhos sanguinários das volantes – disse Maria, enquanto acariciava um cueiro todo bordadinho de flor nas beiradas.

– Logo seu bebê estará bem aí nos seus braços, envolvido naqueles paninhos quarados, abrindo os olhinhos e dando alegria com aquela belezura que só vida nova traz pra gente, Maria. Fique descansada, dessa vez será pelas mãos de Nossa Senhora do Bom Parto – acolheu Neném, esposa de Luís Pedro, certa de que o coração da gestante carregava as dúvidas e o medo de uma mulher que vira a morte levar seus filhos antes que eles pudessem respirar fora do ventre.

– Não sei se é sorte ou azar – suspirou Dadá, um tanto distraída de suas palavras, que poderiam soar como farpas nos tímpanos da mulher do Capitão.

– Oxente, Dadá, se Deus Nosso Senhor traça todos os caminhos, criança é feito anjo encarnado, sempre será sinal de alegria e bem-aventurança – completou Adília.

Elas estavam à beira de um riacho, cuidando dos últimos preparativos antes do parimento da criança que Maria de Déa carregava. Ainda não sabiam que aquele nascimento traria mais uma mulherzinha ao mundo, e, se soubessem, talvez o rumo da prosa fosse outro, menos esperançoso perante as agruras que todas conheciam bem vestindo pele de fêmea.

– Tanto se passou desde que eu deixei de ser criança! Lembro bem como era, eu mais meus irmãos correndo capoeiras atrás de cachorros e de nuvens. Fosse homem, teria me mandado pra bem longe... – E, antes que completasse o devaneio, com as outras mulheres a encará-la, Dadá mudou o rumo da prosa: – Mas, como disse Adília, os ditames do destino traçaram para nós essas linhas, e, se aqui estamos, é porque devemos estar. E não estamos sozinhas.

O sonho de Lampião

– Pois é isso mesmo. Eu me lembro das peias que levei na casa do meu ex-marido Zé de Nenê, era eu mais eu. Tinha que fugir pra junto de minha mãe e pedir guarida pra que o traste não voltasse a relar as mãos em mim. No vai e volta foi que conheci Virgulino, como vocês sabem, e esse dia foi meu livramento. Longe daquele inútil, qualquer vida pra mim teria meu consentimento! – respondeu Maria enquanto estendia umas roupinhas sobre a relva miúda a fim de que terminassem de secar.

– A gente bem sabe que de qualquer maneira não seria fácil para nenhuma de nós. Imagine só se fôssemos mulher de volante? Deus me livre! – acabrunhou-se Neném, que viveria mais cinco anos e seria abatida justamente pela arma de um soldado.

– Algumas de nós já conheciam o que era se deitar com um homem; outras foram atiradas nessa vida cheirando a leite – respondeu Antônia.

– Uma coisa é certa, minhas amigas: aqui estão mulheres que serão lembradas na história. Os folhetos vão falar de cada uma de nós, de nossa sina e nossa bravura. É capaz que vire música, um samba de latada dos bons, ou coisa ainda maior, filme de cinema pra contar ao mundo todo o que enfrentamos no cangaço – profetizou Maria, um pouco risonha, enquanto acariciava sua cria alisando a barriga redonda como o sol que queimava tudo o que se via no sertão.

– Não sei se algum poeta vai se lembrar do meu nome; ao contrário, do seu, tenho certeza, Maria – comentou Neném. – Eu sou mulher comum. Mas isso não me importa; só queria chegar a um momento de paz nisso tudo, sem acoitar no meio de facheiros e xiquexiques.

No tempo em que viviam, elas não desfrutavam do conhecimento do que significava a força das mulheres engajadas naquelas agruras em meio à caatinga. No entanto, já velhas, algumas mulheres sobreviventes, como Sila, que ainda não havia sido integrada ao cangaço, escreveriam ou contariam suas memórias, dariam entrevistas e falariam com voz própria na televisão. Sila inclusive reencontraria Adília, rememorando as dificuldades passadas ao lado dos outros do bando, assim como a convivência e a cooperação entre as mulheres, e o episódio fatídico que conduziu à morte Lampião, Maria de Déa e outros mais.

– Fé em Deus! Já vimos saraivada de balas levantar poeira do ladinho das nossas cabeças, e estamos aqui, todas nós – comentou Adília, beijando seu patuá.

– Fé em Deus, porque eu já senti pra lá de poeira: um furo bem aqui no traseiro, tão perfeitinho que era – disse Maria, referindo-se ao episódio vivido em Serrinha, em que fora baleada e por pouco não morrera. E seguiu, concluindo a história que assegurava a resposta à altura de Lampião, que teria mandado soltar fogo sobre as volantes, porque não ia deixar barato o ferimento de Santinha.

Por um momento, uma brisa perfumou o ar, trazendo o aroma de flores e plantas da caatinga. A sofrida Adília chegou a fechar os olhos para respirar, como se guardasse neles a cena que vivia ao lado das outras mulheres, alegrando-se até. Lídia labutava ao lado das outras sem falar muita coisa, apenas concordando com isso ou aquilo, cuidando dos afazeres e ajudando a apanhar as roupinhas que preparavam para a chegada do bebê de Maria.

O que o futuro poderia contar sobre todas elas até aquele ano ou nos próximos, gente nenhuma saberia precisar. Seriam vistas como desajustadas, amorais, corajosas guerrilheiras ou subordinadas aos desejos de seus homens? A violência suportada por elas faria brotar compaixão ou deflagraria mais revolta? Era difícil dizer, assim como seria impossível emitir juízo de valor medindo palmo a palmo a conduta delas, uma vez que, como terra seca ao vento, tudo se passara como um turbilhão, e só restava da arte de viver reagir para não morrer antes do tempo, como se houvesse tempo ideal para morrer... Contudo, a vida não mostrava alternativas para o sossego de qualquer mulher: ou elas eram submissas ao pai, que tinha o poder legítimo de açoitá-las, ainda que a justificativa fosse um rosto maquiado, ou eram atormentadas, enquanto vivessem, pelo marido. A própria viuvez era um castigo que as tornava mulheres sem a querência de um macho protetor. Falar em escolha em relação ao ingresso da mulher no cangaço não era exatamente verdade, nem havia ali a sonhada liberdade, mas, nem que pelo avesso, seguir caminho errante era uma resposta revoltosa a tudo o que estava posto e que não acolhia perspectivas de mudança.

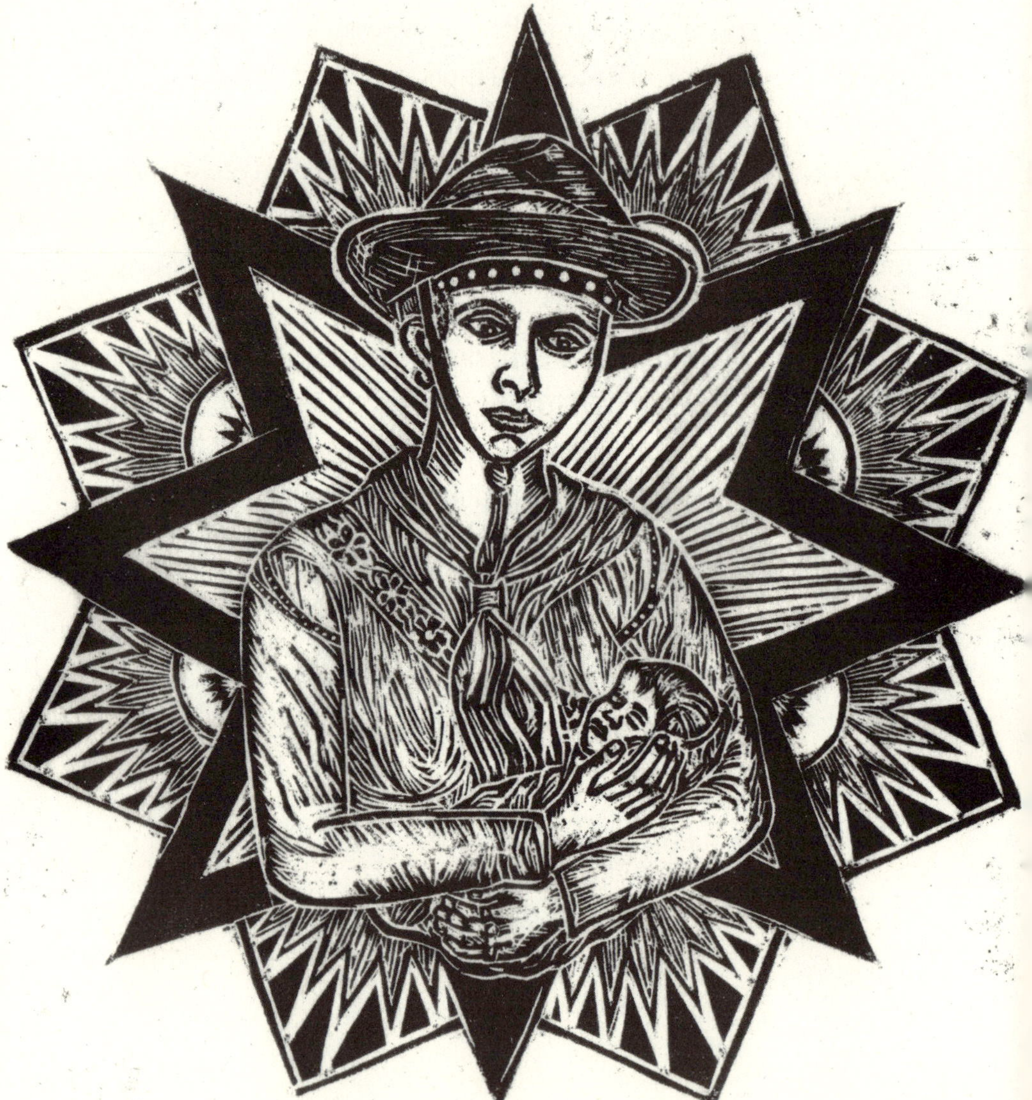

Maria de Déa e Expedita (ou "Enviada")

Sob a sombra do umbuzeiro
que talvez nem sombra fosse,
nasceu a filha que logo
da sua mãe apartou-se.
Não pôde ficar com ela
aquela que ao mundo a trouxe.

Será que ela chora à noite,
brinca, reza ou sarapanta?
Sente saudade ou nem sabe
que a minha saudade é tanta
que é como um grito encravado
bem no meio da garganta?

Os bornais dos cangaceiros serviam para transportar desde a prosaica rapadura, acompanhada de farinha de mandioca e carne-seca – tudo coletado junto aos coronéis e coiteiros, parte da rede de proteção e apoio de Lampião –, até joias e muito dinheiro. Dinheiro, a bem da verdade, no meio do mato era de pouca serventia, mas cangaceiros como Zé Baiano, que viviam da extorsão e da agiotagem, davam um jeito de enterrar seu butim em garrafas para resgatá-lo em tempos mais calmos ou quando a oportunidade aparecesse. Lenços de seda, como os que Lampião deixara para Maria de Déa bordar, camisas, calças e alpercatas, anéis de ouro puro e outras joias aproximavam aqueles homens rudes dos piratas, ao menos na imaginação do povo, nutrida pelos romances de cordel. Tudo de que precisavam era transportado sobre o cangote ou sob os braços, da coberta aos utensílios de cozinha, incluindo, claro, as armas, levadas na canga, ou seja, atravessadas sobre o cangote, origem da palavra cangaço. Quando o esconderijo era descoberto pela polícia, resultando em emboscadas e baixas significativas, ao baterem em retirada, à exceção das armas, quase tudo era abandonado. Imaginem, então, a situação das mulheres grávidas, nos dias de dar à luz, sem o conforto de uma cama, sob o sol forte do dia ou o sereno e o frio da noite, comum na ribeira do São Francisco, e por vezes sem a habilidosa mão das parteiras para lhes mitigar o sofrimento advindo das complicações frequentes: má alimentação, condições insalubres, tensão constante, além dos irreparáveis danos psicológicos.

Dadá, por exemplo, dera à luz no Raso da Catarina, a inóspita região do norte baiano, e a criança não se criou, repetindo a sina do primogênito, que recebeu a graça de um nome, Josafá, mas não a sina de permanecer vivo. Por três meses o menino sobreviveu às

O sonho de Lampião

escaramuças e fugas, tostado pelo sol inclemente do sertão, e, ainda que tenha encontrado um lar amigo, não resistiu às privações. Dos sete filhos que Dadá teve da união com Corisco, apenas três fugiram a tal destino: Celeste, que nasceu em meio a uma chuva de balas, Maria do Carmo e Sílvio Bulhões.

No ano de 1932, os bois morriam esquálidos, e conseguir alimento era desesperador. A extrema seca tomava o sertão, angustiando gargantas e narinas, ampliando o drama e fustigando a fé de quem teimava em conseguir superar inimiga tão poderosa. O bando de Lampião chegava a passar dias seguidos sem tomar uma só gota de água.

– De que vale o dinheiro se não se pode comprar água do céu? – delirava Moreno, um dos homens de Virgulino, deitado no solo rachado, quase a ponto de desmaiar.

Enquanto alguns deixavam o lar em busca de condições melhores, porque, por mais que trabalhassem, não venciam em suas travessias a impetuosa força da natureza, outros seguiam resistindo com o pouco que conseguiam, dando palha de coco e frutos do juá para o gado mirrado se alimentar a fim de que pudesse render melhor abate. Muitas rezadeiras desfiavam o santo rosário em vigília para que um milagre acontecesse. Anos mais tarde, as avós contariam aos netos fantásticas fabulações de pombas botando ovos para salvar o povo da fome, mas nem sonho nem delírio seria suficiente para manter firme a esperança durante aquele ano.

Além de Maria de Déa, também estavam grávidas Durvinha e Otília, a primeira casada com Virgínio, conhecido pela alcunha de Moderno, e a segunda, esposa de Mariano. Maria engravidara outras vezes, mas, como já sabemos, nenhuma criança sobrevivera. Daí a apreensão quando, à sombra de um umbuzeiro, começaram as contrações. Era o dia 13 de setembro, soprava uma brisa amena, talvez pressagiando que, daquela vez, a sorte da criança seria diferente.

Criados sob a influência dos astros, alimentados pela leitura do *Lunário Perpétuo*, o almanaque mais lido nos grotões do Brasil, os cangaceiros beijavam seus patuás enquanto as mulheres rezavam para Nossa Senhora do Bom Parto interceder por Maria. E pediam também o auxílio de Senhora Sant'Ana, mãe da Virgem Maria e avó de Jesus, protetora das mulheres grávidas, senhora das fontes e dos montes, que a concebera já em avançada idade. Os cânticos, inicialmente entoados baixinho, somente pelas mulheres, como manda a tradição, foram enchendo o lugar e, se não aliviavam as dores de Maria, aumentavam sua esperança de que a filha – ela estava convicta de que seria uma menina – nascesse em pleno gozo da saúde.

> *Senhora Sant'Ana,*
> *Prepara o cueiro,*
> *Hoje foi nascido*
> *O Deus verdadeiro!*
>
> *Senhora Sant'Ana,*
> *Prepara o mantéu,*
> *Hoje foi nascido*
> *Bom Jesus do céu.*
>
> *É a maior santa*
> *No mundo já visto,*
> *É mãe de Maria,*
> *Vó de Jesus Cristo!*

O sonho de Lampião

Quem não estava gostando muito daquelas rezas era Lampião. Quer dizer, desgostando não estava, pois era católico, devoto da Mãe das Dores e do Padre Cícero, mas seu instinto avisava do perigo que representava aquela reza, que agora ecoava por todo canto. Aquele murmurar constante podia atrair as volantes, e, no mais, por mais que as santas fossem poderosas, não costumavam descer à terra para fazer mulher parir. Precisavam era de alguém experimentada no assunto. Maria, que tinha o mesmo nome da filha de Sant'Ana, respirou de alívio quando foi avisada que Rosinha de Vicentão, a parteira mais requisitada das redondezas, cujas mãos tinham ajudado centenas de mulheres, havia acabado de chegar, atendendo a um pedido, ou melhor, a uma ordem de Lampião.

– Fique calma, minha filha, que Nossa Senhora, que também é mãe, vai lhe valer! – disse a chegante, pondo a mão na testa de Maria, que suava abundantemente.

– Ela vai ficar bem, dona Rosa? – A pergunta veio do marido, àquela altura mais preocupado com a mulher que com o filho.

– Deus é quem sabe... – foi a única resposta possível. – Mas, no que depender de mim, sim.

Rosinha, depois de higienizar as mãos, pediu às mulheres rezadeiras que trouxessem alguns panos e uma bacia de água. A bolsa amniótica já havia se rompido, mas faltavam mãos experimentadas, como as de Rosinha, para, nas palavras dela, "encaixar a criança".

– Não aguento mais, dona Rosa! – gemia, desfalecida, Maria.

– Aguenta, sim, minha filha! Só mais um pouquinho... – E completou com a boa notícia por todos aguardada: – Está nascendo! Só mais um pou...

Não concluiu a frase, pois, em segundos, tinha nas mãos uma menina, como suspeitara a mãe.

— Uma menina! – A frase ecoou por todo o recanto, até morrer nos lábios de Lampião.

Não dá para saber se o rei do cangaço esperava um menino, mas é certo que a visão da pequena e o contentamento de Maria trouxeram um sorriso, momentâneo como o brilho de um relâmpago, ao rosto do cangaceiro. Depois, a habitual sisudez, acompanhada de certa inquietação impossível de passar despercebida, retornou. Lampião afastou-se do umbuzeiro e foi enrolar um cigarro à beira de um angico. Corisco, um dos poucos que se sentia à vontade para desenrolar certos fios, aproximou-se do chefe, saudou-o respeitosamente e perguntou-lhe se algo o preocupava.

— Não viste a alegria de Maria com o nascimento da menina, Corisco? Daqui a alguns dias, como manda a lei do cangaço, a gente vai ter de achar alguém pra tomar conta da criança. E isso deve ser feito o mais depressa possível, antes que a afeição cresça e se enraíze...

— Mãe é mãe, Capitão. A afeição já estava enraizada antes da menina nascer – respondeu o cangaceiro. E, antes que o chefe indagasse como ele entendia dessas coisas, o Diabo Louro completou: – Isso quem me disse foi Dadá, que já passou por duas barrigas.

E, de fato, Maria ainda pôde amamentar a menina e dormir com ela nos braços por algumas noites. Até o dia em que Lampião soube que um aliado seu, Manuel Severo, havia sido pai de uma menina. Chamou então Maria, que, naquele momento, ninava a filha, e lhe disse:

— Santinha, é hora de nos apartarmos de nossa filha. Ela precisa de um teto e de uma família que zele por ela, longe desta vida de cão que a gente leva...

O sonho de Lampião

Os olhos da mulher, antes de ele concluir a frase, já marejavam.

– E onde você pensa em deixar nossa menina? Por que não mandamos ela para minha família? – Maria perguntou, quase num sussurro.

– Endoidou, Santinha? Como é que eles vão explicar o aparecimento do nada dessa menina?! E, se descobrem que é nossa filha, vão levar ela embora, e só Deus sabe o que Zé Rufino e seus macacos são capazes de fazer!

Maria olhou novamente a filha, que dormia como um anjo.

– Apois! – retomou Lampião. – Conheço um vaqueiro que tem se mostrado um amigo fiel. É Manuel Severo. A mulher dele, Aurora, acabou de dar à luz. Se a gente deixar nossa menina com eles, vão pensar que é irmã da que nasceu, e ninguém vai bulir com ela.

– Mas a gente vai poder ver nossa menina, Virgulino? Vai poder visitar essa família?

– Não sei, Santinha! Pro bem dela, talvez não. – E completou, medindo bem cada palavra: – Combinei com eles pra levarem a menina hoje à noite. Espero que você compreenda...

Maria não disse mais nada. Daquele momento até a boca da noite, não tirou mais os olhos da filha.

E, no momento em que o sol se despedia dos viventes, Maria seguiu com o grupo, sem se desgrudar um instante da filha. Expedita, o nome dado à menina nascida sob o manto do céu, seguiu rumo à Fazenda Exu, onde ficaria aos cuidados de Manuel Severo e Aurora. Expedita, a Enviada, aquela que na corte do cangaço deveria ocupar o papel de princesa, ainda reveria seus pais verdadeiros algumas vezes antes da morte de ambos na emboscada de Angico. As lembranças, dada a sua pouca idade, ficaram misturadas à mitologia alcançada por seus nomes e aos sonhos que também se tornam retalhos dos tecidos que compõem nossa memória.

Já maiorzinha, por volta dos oito anos, Expedita foi levada para viver em companhia de seu tio João Ferreira, o irmão de Lampião que nunca entrou para o cangaço. Foi ele quem terminou de criá-la. A menina crescia com pecha de filha de matador, um pai bandido, morto ao lado de sua mãe de uma maneira brutal. "Raça de Lampião não presta", era o que ouvia pelos cantos, e isso tudo marcaria durante a infância de Expedita, a ponto de lhe incutir vergonha. Com a sorte de poder frequentar a escola o suficiente para ser alfabetizada, a menina conseguiu terminar os anos primários e seguiu seu rumo trabalhando para o próprio sustento e dos familiares até se casar com Manoel, prometida pelo tio. Juntos, Expedita e Manoel tiveram quatro filhos.

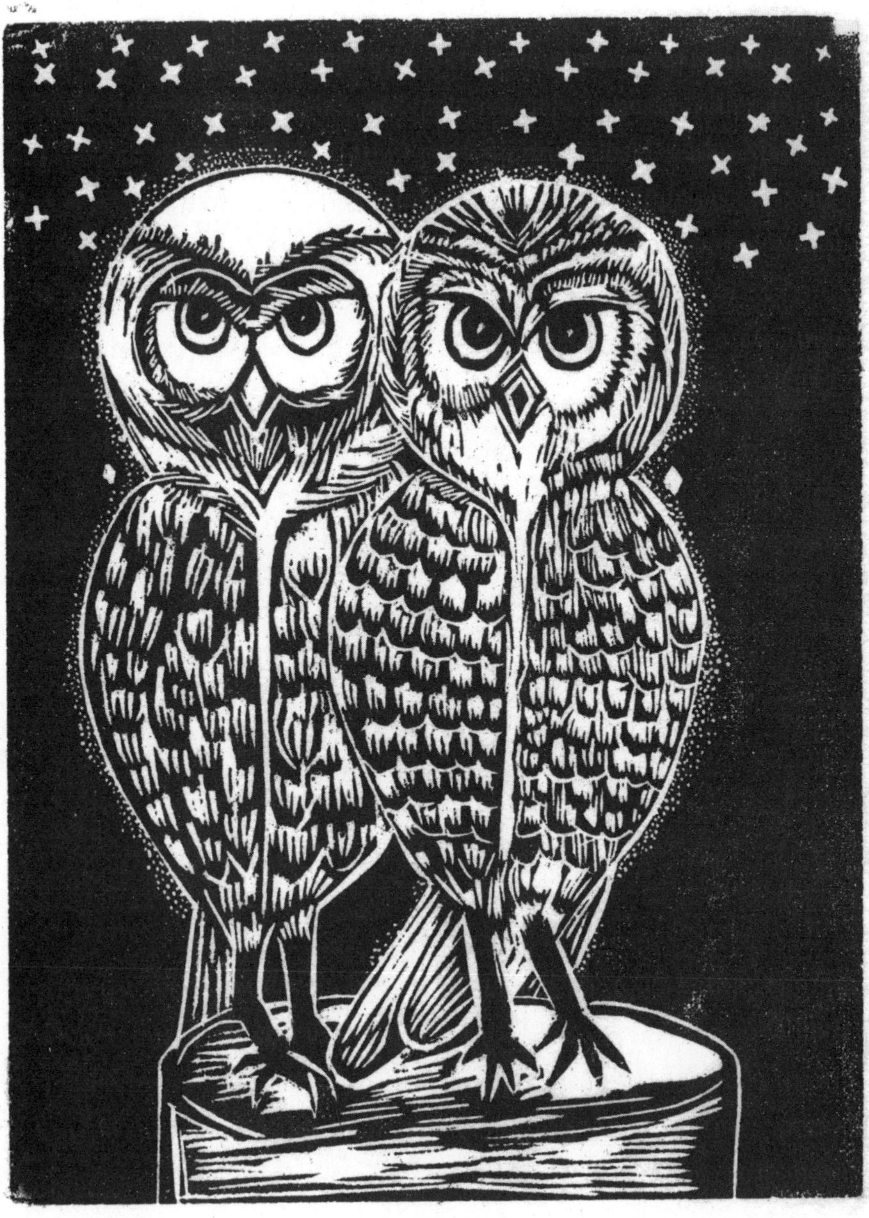

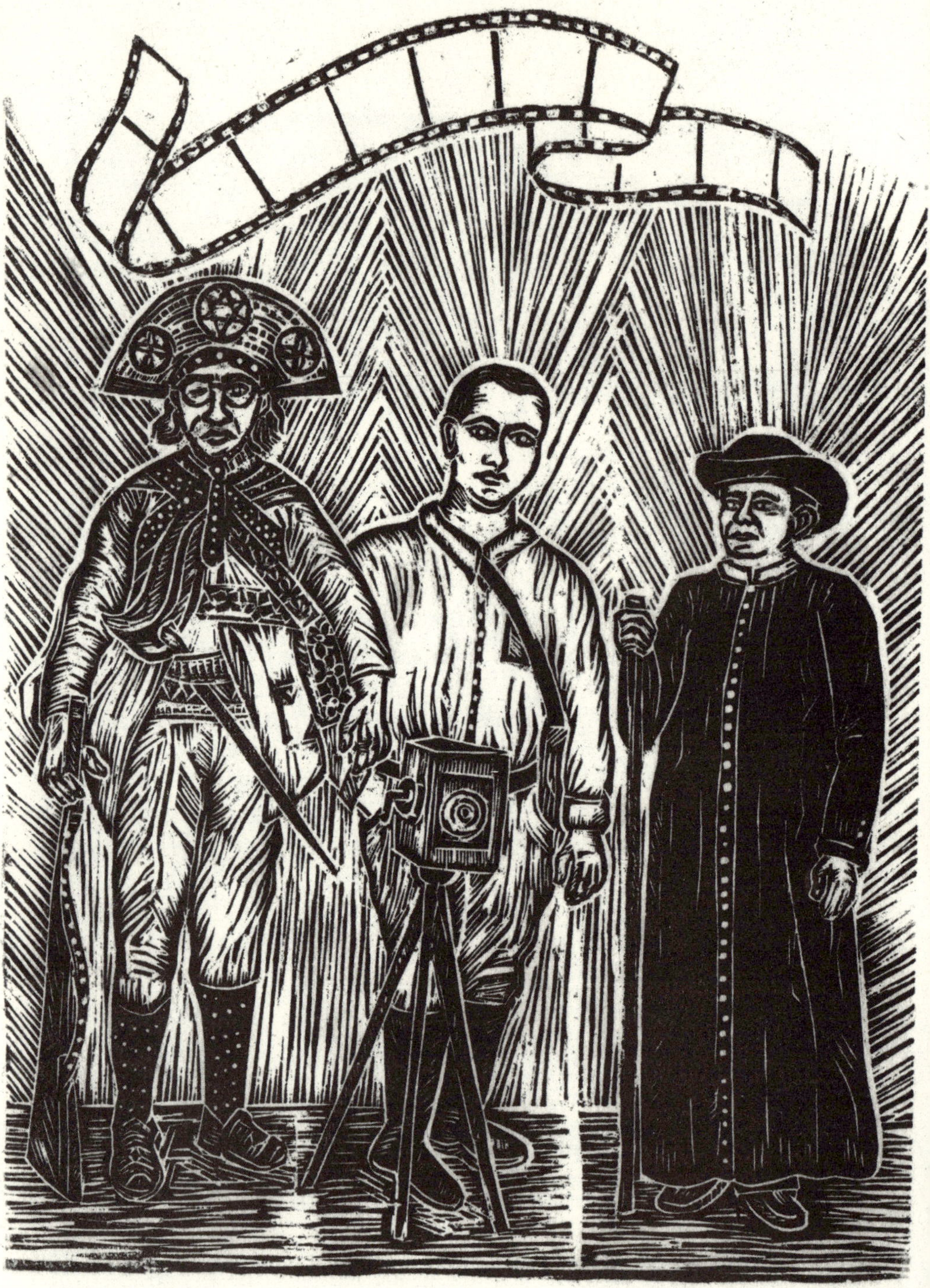

Benjamin Abrahão: vida breve e em preto e branco

No tempo da seca ingrata,
ou mesmo durante as cheias,
quando a morte e a privação
mostram suas caras feias,
valei-me meu Padim Ciço
e a Mãe de Deus das Candeias.

Eu vou me embrenhar nos matos,
por pedras, paus e areias,
enquanto ainda correr
algum sangue em minhas veias,
rogando ao meu Padim Ciço
E à Mãe de Deus das Candeias.

O ano de 1936 foi de grandes perdas para os cangaceiros. O perverso Zé Baiano, conhecido por marcar mulheres no rosto ou nas partes íntimas com um ferro em brasa e assassino de sua esposa Lídia, depois de extorquir e ameaçar o coiteiro Antônio de Chiquinha, despediu-se deste mundo junto a três de seus comparsas, vítima de uma emboscada armada pelo referido coiteiro e por Antônio Conrado, na chã sergipana de Alagadiço. Mas houve outro episódio igualmente marcante, e, para contá-lo, precisamos nos ausentar da mata branca e da zona do rio São Francisco e fazer um passeio por Fortaleza, capital cearense, onde se achava o sírio-libanês Benjamin Abrahão, personagem que ocuparia apenas uma nota de rodapé na história do cangaço, não fosse a sua relação com duas figuras lendárias: o padre Cícero Romão Batista, de quem foi secretário por dezessete anos, até 1934, ano da morte do homem considerado santo por muita gente, e Lampião, que conheceu em 1926 e reencontrou dez anos depois numa jornada que se pretendia épica, mas era movida por outros interesses.

Abrahão desembarcara no Recife em 1915. Fugira de seu país para escapar ao alistamento por ocasião da eclosão da Primeira Guerra Mundial. No mesmo ano, o sertão nordestino era castigado por uma terrível seca, motivadora de muitas preces aos santos do céu e da terra, aumentando a massa de romeiros que, em busca de remissão, iam em demanda do Padre Cícero. Virgulino e sua família, como já foi relatado, estiveram na "cidade santa" no mesmo período, mas não há registro de que o futuro rei do cangaço tenha conhecido Benjamin naquela ocasião. Certo é que, no ano 1917, Benjamin, que atuava como caixeiro-viajante, ao encontrar um grupo de romeiros, pôs-se a par da existência do Padre Cícero e, curioso que era, decidiu conhecer aquela figura mitológica. Apresentou-se

O sonho de Lampião

ao padre como natural de Belém, o que causou comoção no sacerdote, que o teria designado aos devotos da seguinte maneira:

– Contemplem, meus filhos, um conterrâneo de Nosso Senhor Jesus Cristo! Este homem nasceu na mesma terra abençoada onde nasceu nosso Redentor!

Benjamin teria nascido, na verdade, em Zalé, Síria, hoje Líbano, mas isso pouco importava. O sacerdote o acolheu como secretário e foi nessa condição que, em 1926, ele se encontrou pela primeira vez com Lampião. O cangaceiro, já amplamente conhecido, estava novamente em Juazeiro, atendendo a um chamado de seu Padim, que lhe prometia a patente de capitão e a anistia de todos os crimes até ali perpetrados para ele e seus cabras desde que combatessem a Coluna Prestes, que, àquela época, se encontrava na região. Manipulado pelo ardiloso deputado Floro Bartolomeu, Padre Cícero arrastou junto consigo Lampião e seu bando, que foram hospedados no sobrado do poeta João Mendes de Oliveira, no centro da cidade, onde viviam João Ferreira, Dona Mocinha, Ezequiel, que depois se juntaria ao bando, Anália e Angélica, os irmãos do facínora. Esta última era casada com Virgínio, que depois se engajaria no cangaço, no qual teria por companheira Durvinha. Pois bem, encurtando a história, Lampião percebera a barca furada em que se metera pouco depois de haver deixado a cidade, pois, à boca miúda, dizia-se que nada havia mudado, e retomou a sua vida criminosa, isentando o Padre Cícero, que, pensava ele, fora igualmente ludibriado pelo "Governo", seu real inimigo. Pelo menos o bando estava reforçado com a adesão de novos voluntários e um generoso reforço em armas e munições.

Para tristeza de Lampião, no entanto, uma daquelas armas lhe causaria muita dor, no começo do ano seguinte, quando Luís Pedro matou acidentalmente seu irmão mais velho, Antônio Ferreira. Ambos estavam acoitados na Fazenda Poço do Ferro, do coronel Ângelo da Gia, em Tacaratu, Pernambuco, e consta que, enquanto Antônio jogava cartas, Luís descansava numa rede. Convidado a "perder algumas partidas", Luís, ao levantar-se, teria batido com a coronha do rifle no chão, disparando-o contra o primogênito dos Ferreira. Chamado às pressas, Lampião pranteou o irmão e, depois de ouvir o depoimento do assassino, impediu que os outros cangaceiros o linchassem. Em gratidão ao chefe, Luís Pedro jurou solenemente que daria a vida por Lampião e jamais o abandonaria, pouco importava o perigo. Passado mais algum tempo, Ezequiel, seu irmão, e Virgínio, que enviuvara de Angélica, deixaram Juazeiro e aderiram ao banditismo, depois de terem sido perseguidos pela polícia, que havia prendido, sem nenhuma justificativa aceitável, João Ferreira e outros membros da família.

Todos esses fatos marcantes – incluindo o malogrado ataque à cidade de Mossoró, no Rio Grande do Norte, onde morreram dois de seus mais valorosos capangas, Jararaca e Colchete, não eram estranhos a Benjamin, que tinha o tino de um documentarista e, depois da morte do Padre Cícero, decidiu que reencontraria Lampião e Virgínio e registraria em imagens e vídeos a rotina de todos os cangaceiros. Sabia que Ezequiel, irmão caçula de Lampião, morrera no ano de 1931, na Lagoa do Mel, em Paulo Afonso, Bahia, e que Livino, o outro irmão, também havia feito a passagem, em 1925. Esses matizes trágicos da vida de Virgulino Ferreira, muito além de sua ferocidade, da bravura e dos supostos gestos reparadores, atraíam Benjamin, também ele um personagem trágico, com espírito aventureiro, ainda que com um lado burlesco impossível de ser escondido.

O sonho de Lampião

Quando, depois de uma longa agonia, o Padre Cícero partiu ao encontro – segundo suas palavras – do Criador, Benjamin viu-se em um mato sem cachorro. Logo sua fonte principal de renda, que vinha dos fiéis devotos do taumaturgo, secaria. Aproveitou e fez uma foto do santo no ataúde, reproduzindo inúmeras cópias, que eram vendidas como lembrança e, a depender da fé do comprador, como amuleto. Também cortou um chumaço de cabelos do defunto e os vendia como verdadeiras relíquias, garantindo o poder miraculoso de cada fio. O grande milagre era a multiplicação dos fios, o que não passou despercebido de um comprador menos crédulo:

– Jesus multiplicava pães, e Benjamin multiplica cabelos! – teria dito o gaiato.

Em maio de 1935, depois de convencer Ademar Bezerra de Albuquerque, proprietário da ABA Film, de que conseguiria documentar o dia a dia de Lampião e seu bando, o sírio-libanês saiu de Fortaleza rumo ao sertão, levando na bagagem, além dos equipamentos próprios para o registro, um facão e muitas fotografias do Padre Cícero morto. Não foi difícil para ele, conhecedor dos caminhos e das picadas do velho sertão, por meio dos coiteiros e de outros colaboradores, entrar em contato com o rei do cangaço. Levado à presença de Lampião pelos asseclas Juriti e Marreca, este, de imediato, reconheceu o antigo braço direito de seu padrinho de crisma, estranhando apenas o volume transportado pelo esfalfado e esfomeado viajante:

– Com seiscentos diabos! Que faz por estas terras com essa matulumbage, Benjamin?

– *Cabitan Lambiúm* – teria respondido Benjamin, num português sofrível –, vim tirar uns *retrato* e fazer uns *filme*, com sua autorização, claro, e vou transformá-lo em um artista de cinema.

Vaidoso, Lampião apreciava perfumes franceses, facilitando, por vezes, a vida de seus perseguidores, e gostava de ler revistas e jornais que estampavam sua fotografia, em especial os que reproduziam suas proezas e bravatas. Embora o admirasse por sua bravura, Benjamin sabia desse seu lado narcisista, e por isso jogou logo a isca. Aproveitou também para conhecer a companheira de Lampião, da qual os jornais falavam tanto, principalmente depois da prisão de Volta Seca, o menino cangaceiro cujas histórias, que encheram páginas e mais páginas da imprensa sensacionalista, sempre a colocavam em posição de destaque – o mesmo Volta Seca que, anos depois, posto em liberdade, gravaria um disco com as canções entoadas pelos cangaceiros, trazendo pérolas como *Mulher rendeira* e *Acorda, Maria Bonita*, que, supostamente, resumia a rotina do cangaço:

> *Acorda, Maria Bonita,*
> *Levanta, vai fazer o café,*
> *O dia já vem raiando,*
> *E a polícia já está de pé.*

Benjamin ficou encantado com a Maria do Capitão, como a maior parte do bando se referia à Rainha do Cangaço. Apesar das privações de que se queixavam – principalmente, e com sobradas razões, as mulheres –, para o estrangeiro tudo era fascinante naquele lugar e com aquela gente. Sua mente dava voltas e mais voltas, imaginando que, no retorno a Fortaleza, reveladas ao mundo, as imagens e os filmes lhe trariam fama e dinheiro. O devaneio foi interrompido pelo dono do pedaço, que indagou:

– Vamos fazer logo um teste?! A calmaria, por essas bandas, não costuma durar muito. Igual à minha paciência...

O sonho de Lampião

– Claro... Claro... – Benjamin ajustou o tripé com a ajuda de Virgínio e pediu que Lampião se postasse à sua frente para fazer um teste.

– E eu lá sou besta de ficar na frente dessa coisa, filho do cabrunco?! Me diga como é que faz, pois vou testar em você antes.

Lampião desconfiava até da sombra, por isso obrigou o hóspede a fazer algumas poses até se certificar de que se tratava mesmo de uma câmera fotográfica, não de uma arma de fogo. Naquela tarde, a convite do rei do cangaço, Benjamin poderia ter tirado a barriga da miséria. Mal tocou na iguaria, bode assado com farinha, servido à sombra de uma quixabeira, tão ansioso que estava para começar o trabalho. Mas era preciso reunir os demais grupos, e Lampião ainda levou algum tempo para se decidir, até que se convenceu de que, afinal, era uma boa ideia.

Apesar de haver planejado passar mais tempo com o cangaceiro e seus asseclas, Benjamin ficou apenas cinco dias. Depois de muitos registros feitos, agradeceu a Lampião e à alma de Padre Cícero, tomou o rumo de Fortaleza. Era a felicidade em pessoa.

Ao chegar à capital cearense, quando abriu o bornal onde estavam os filmes, seu mundo ruiu. Fotógrafo amador, ou nem isso, além de não ajustar a câmera corretamente, tinha guardado os filmes misturados a restos de comida, incluindo farelos de rapadura, o que se tornou um grande atrativo para as formigas, que, sem piedade, comeram o sonho e, mais do que isso, o futuro de Benjamin. Era preciso voltar e convencer novamente Lampião. Se a missão, por si só, já se apresentava difícil, era preciso antes convencer os financiadores de que dessa vez seria diferente. Surpreendentemente, com o apoio da multinacional alemã Bayer, que vislumbrava transformar Lampião em garoto-propaganda da marca, Benjamin, mais bem munido do que da primeira vez, caiu novamente no mundo, indo parar no sertão de Alagoas, onde, segundo lhe informara um coiteiro, ele encontraria Lampião.

Dito e feito. O sírio-libanês foi recebido com festa e não teve trabalho algum em convencer o chefe a colaborar com o filme. Eventualmente, Lampião trabalhou como diretor, recrutando os cabras, orientando sobre como deveriam se postar e organizando bailes e missas, das quais ele era o celebrante. Os cachorros de Maria de Déa, Guarani e Ligeiro, também foram retratados, o que traria um toque de humanidade e, se não desconstruísse a ideia única de que os cangaceiros, incluindo as mulheres, eram criaturas bestiais, amenizaria em parte a visão negativa.

Embora pouco espontâneas, por se tratar de encenações, as imagens retratam Maria de Déa em natural posição de destaque e realçam a liderança inconteste de Lampião. Em vez de acordar cedo para fazer o café para o bando, ela era servida, o que, certamente, causava ciúme nos homens e mulheres. Numa das cenas, Maria, exibindo joias e autoridade, posa de rainha diante do cangaceiro Sabonete, que "interpreta" seu súdito. A cena em que, por ordem dela, ele se afasta é de uma comicidade constrangedora. Outro registro histórico é o de Durvinha, que dança com Moreno enquanto é observada por seu companheiro Virgínio. Pouco tempo depois do registro, Virgínio foi abatido, e Durvinha se tornou, de fato, par de Moreno. Findo o cangaço, ambos viveriam longa vida em Belo Horizonte, onde se estabeleceram depois de anistiados.

Além do filme e das muitas fotos, quando se despediu pela segunda e última vez de Lampião, Maria e sua corte, Benjamin levava muitas lembranças. O filme chegou a ser exibido no início de 1937, e a aventura de Benjamin, antes disso, teve boa repercussão

O sonho de Lampião

na imprensa, merecendo matéria de capa no jornal *O Povo*, datada de 29 de dezembro de 1936, enaltecendo a vitória da ABA Film e reproduzindo as fotografias de Lampião e seu bando, com destaque para Maria Bonita, retratada entre seus dois cachorros Guarani e Ligeiro. O tiro, porém, saiu pela culatra, e o mesmo jornal *O Povo*, em edição de 3 de abril de 1937, noticiou que o filme seria confiscado por ordem do doutor Lourival Fontes, diretor do Departamento de Imprensa e Propaganda (DIP) do governo ditatorial de Getúlio Vargas. Consideradas acintosas, as fotografias foram apreendidas, para desolação de Benjamin, que não alcançaria em vida a glória sonhada.

Benjamin Abrahão terminaria os seus dias em Águas Belas, Pernambuco, em 7 de maio de 1938, na saída de um bar nas proximidades da pensão onde estava hospedado. Atacado, recebeu quarenta e duas facadas e não resistiu. Seu assassino, um tal Zé da Rita, era marido de Alaíde Rodrigues de Siqueira, com quem, dizia-se, Benjamin tinha um caso. Benjamin era um homenzarrão, ao contrário de Zé da Rita, que ainda fora acometido de paralisia da cintura para baixo. Outra possibilidade aventada é a de queima de arquivo, já que Benjamin, afogado em dívidas, ameaçava delatar as ligações de Lampião com membros da elite nordestina.

A lei do silêncio, naqueles ermos, era promulgada a tiros ou na ponta de um punhal.

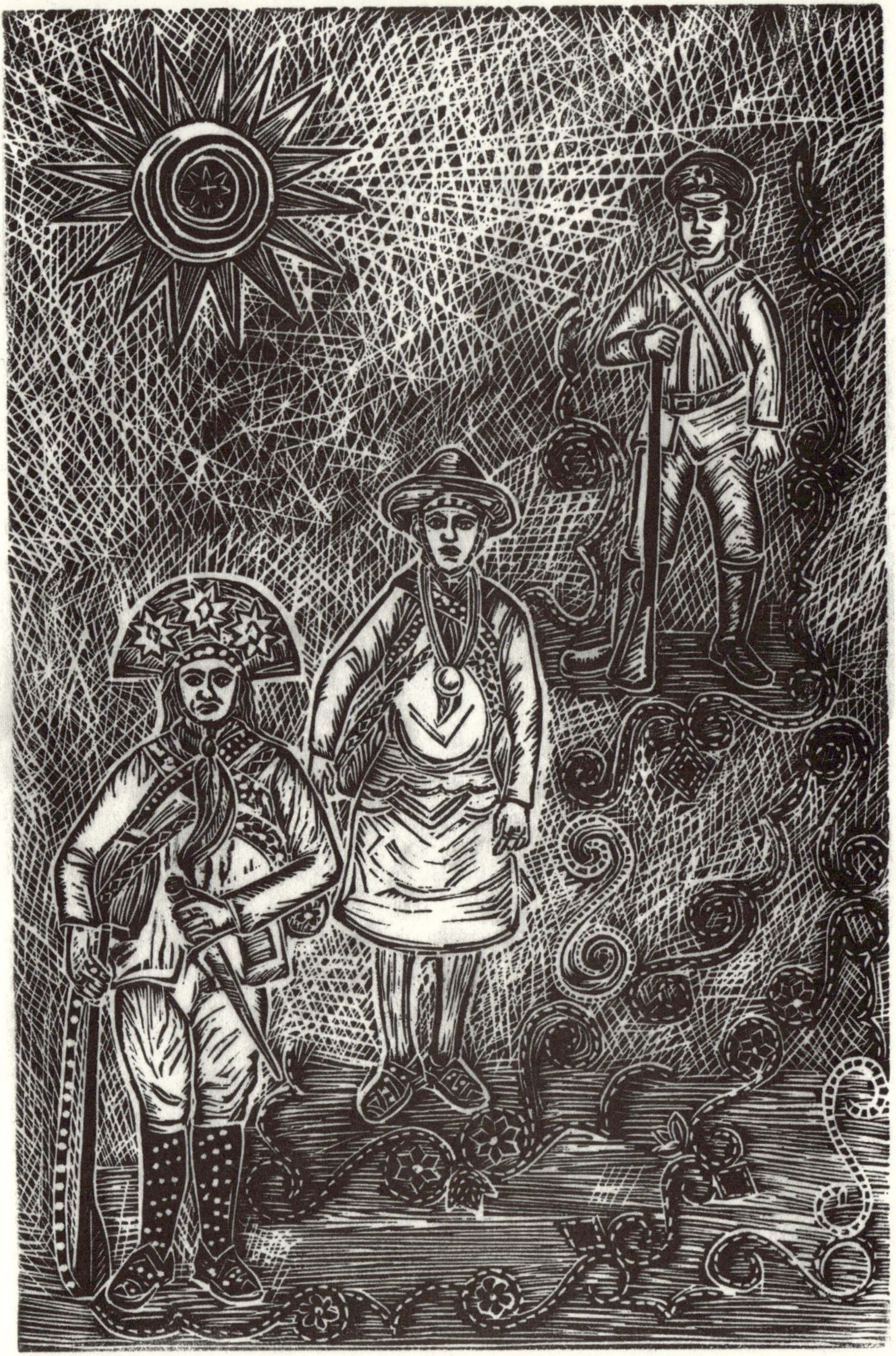

O começo do final de uma longa caminhada

Quando a morte se aproxima,
com seu rosto escaveirado,
com sua foice amolada,
chega sem prévio recado
e iguala ricos e pobres
num rebanho condenado.

A morte é como um corisco
no meio da noite escura.
Num momento se está vivo,
desfrutando da ventura,
e, a um simples piscar de olhos,
baixa o corpo à sepultura.

Ainda assim, nesse mundo,
no qual a gente nasceu,
seja na airosa manhã,
seja no noturno breu,
uma verdade se impõe:
só morre quem não viveu.

A 23 de outubro de 1936, Benjamin ainda estava com o grupo de Lampião, lamentando-se por não ter conseguido filmar um combate "de verdade", como o ocorrido nos arredores de Piranhas, Alagoas.

Corisco, o Diabo Louro, tirava uma pestana depois do almoço quando o seu companheiro Gato, esbaforido, chegou berrando:

– Levaram Inacinha, Corisco! Levaram ela! Já nos dias de ter menino! Esses macacos do inferno vão matar ela e meu filho!...

Inacinha, no caso, era Inácia Maria das Dores, esposa do Gato, nome de guerra de Santílio Barros, cangaceiro que disputava com o finado Zé Baiano o posto de mais perverso. Grávida de oito meses, ferida a bala e capturada por João Bezerra, antigo colaborador do cangaço que, acossado, queria mostrar serviço, Inacinha corria sério risco.

Com a frieza de sempre, Corisco pediu que ele se acalmasse, mas o homem era uma pilha de nervos.

– Se ninguém for comigo, eu vou só! Não me importo de morrer se conseguir levar comigo uma meia dúzia de macacos...

A um sinal de Corisco, os demais cabras de seu grupo detiveram Gato, enquanto o chefe tentava convencê-lo de que um ataque a uma cidade como Piranhas, onde haveria resistência da população e das forças legais, seria infrutífero sem uma boa estratégia. Vencido, Gato se acalmou e pôs-se a escutar o seu superior em comando.

A invasão à cidade, no entanto, revelou-se um tremendo fracasso, pois antecipou-se, inclusive, à chegada de Inacinha. A população, que já esperava o revide, estava preparada para o ataque, e os cangaceiros foram recebidos sob pesada descarga de balas de todos os calibres. Era um verdadeiro inferno na terra. Dando-se conta de que não ficaria um vivo se seguissem com o plano, Corisco gritou:

O sonho de Lampião

– Recuar, cambada, ou vai morrer todo mundo!

E, encarando Gato, que se postava a seu lado, segurou-lhe a mão, dizendo baixinho:

– A gente volta depois, com reforços...

O cangaceiro não respondeu. Jazia sobre uma poça de sangue, atingido por uma bala na espinha. Levado por dois cabras fortes, desfalecido, mas ainda vivo, quando recuperava o alento Gato sussurrava somente um nome:

– Inacinha...

Na rota de fuga, os cabras do grupo toparam com uma casa onde conseguiram uma cadeira que seria usada no transporte do companheiro. Subiram o morro com o auxílio de alguns animais tomados de uns homens que haviam se embrenhado na mata em busca de lenha, e, quando sentiram que estavam a salvo, pararam para o descanso – que seria curto como coice de preá, como costumam dizer os sertanejos.

A febre alta impedia o cangaceiro de articular bem as palavras. Corisco, aperreado com a perda de um valoroso amigo que era ainda um dos mais bravos combatentes, desfiava todo o rosário de rezas fortes que conhecia. Mas a morte, de foice afiada, estava postada ao pé do juazeiro onde Gato agonizava. Vendo que a alma dele já escapava pelo ferimento, Corisco lhe perguntou:

– Você, Gato, perdoa seus inimigos e todos os que lhe fizeram mal?

Gato parecia ver os rostos de Mourão, seu primo, e Mormaço, cangaceiros executados por ele no Raso da Catarina, possivelmente a mando de Lampião, revoltado por eles terem tocado o terror em Brejo dos Burgos, acabando com uma festa e pondo para correr toda a população. E se é verdade que, na hora da morte, os assassinos enxergam os rostos de todas as suas vítimas, Gato tinha muito para ver. Mas, respondendo a Corisco, de seus lábios saiu apenas uma palavra:

– Perdoo... – E entregou a alma.

Pouco tempo depois, Virgínio, apelidado de Moderno, cunhado de Lampião e um dos mais valentes cabras do bando, também morreu, vítima de uma emboscada em Pernambuco. Corisco e Dadá mais uma vez escaparam, embora estivessem no mesmo grupo.

Outros dois cangaceiros, Pai Velho e Zepelim, tombaram quatro dias depois, sob uma saraivada de balas saídas dos rifles da volante de Zé Rufino, o obstinado perseguidor de Lampião.

O último entrevero antes do ocaso de Lampião e do próprio cangaço deu-se na lagoa do Domingos João, em Canindé, Sergipe. Barra Nova, cozinheiro do bando, preparava a comida quando um coiteiro de Lampião, Rosalvo Marinho, apareceu do nada, feito visagem, suando em bicas e pelejando com as palavras que teimavam em não sair.

– Tá doido, Rosalvo?! Aparece assim do nada e não diz coisa com coisa! – irritou-se Lampião. – Podia ter levado um tiro nas fuças. Num breu desse não dá pra distinguir um amigo dum macaco.

O homem respirou fundo e, aproveitando que Maria de Déa lhe trouxera uma caneca com água, desembestou a falar:

– Zé Rufino vem aí, virado no estupor, berrando que hoje vai comer guisado de cangaceiro!

Zé Sereno, cujo grupo se juntara ao de Lampião no coito[6], ordenou que levantassem acampamento e se entrincheirassem, pois o combate seria renhido. Lampião, no entanto, não parecia muito preocupado, como deixou claro:

---

[6] Coito: esconderijo, valhacouto, cafua. Dar coito, na linguagem usada pelos cangaceiros, significa esconder. (N.A.)

O sonho de Lampião

– Rosalvo nem sabe direito se é ou não a peste do Zé Rufino! E outra: se for mesmo, vai demorar pra chegar. Vamos comer, pra brigar de bucho cheio.

Naquele momento, o cabra Juriti, acompanhado de outros cangaceiros, apareceu no coito, alertando que notara uma movimentação estranha ali perto.

– Por causa da lubrina, não deu pra divisar direito quem era, mas senti cheiro de macaco.

Mal terminou de falar, uma rajada de balas cortou o ar, atingindo em cheio Barra Nova, que tombou por sobre o caldeirão. O grupo perseguidor portava uma metralhadora, o que dificultava o revide do bando. Desesperado, Lampião gritou "Retirada!", atirando a esmo e deixando para trás o corpo do cozinheiro. Em meio à neblina, somente uma palavra saiu de seus lábios:

– Santinha!...

– Estou aqui, Virgulino – respondeu Maria de Déa, mostrando que não havia se apartado do grupo.

Guiado pela voz da mulher, Lampião segurou a mão dela e a abraçou forte, parando por um instante a desabalada fuga, para recuperar o fôlego. A morte estava chegando muito perto.

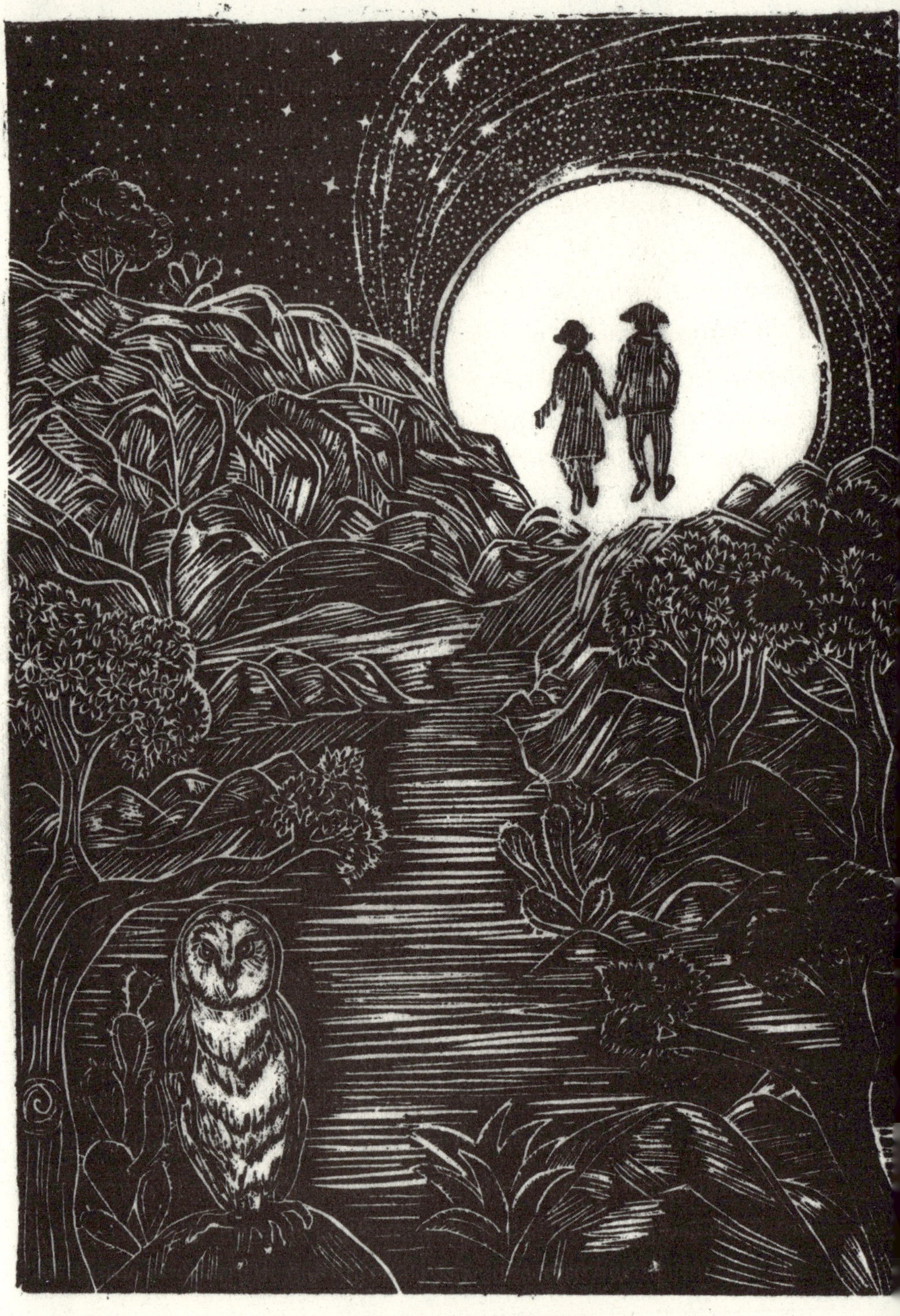

Não se faz parelha com traição

A vida é sonho tão breve
que passa e, às vezes, não vemos.
Se vivemos ou sonhamos,
sabemos, mas não sabemos.
E, se a morte é um despertar,
Ainda mortos, vivemos.

Quem é que diz o que é certo
quando o erro vem de cima?
Quem diz que lima é limeira?
Quem diz que limeira é lima?
Quem diz que meu verso é frouxo,
pegue o sentido da rima.

Meu senhor, minha senhora,
o meu pensamento enfeixa
uma verdade, porém
não tome isso como queixa:
quem mata o corpo não mata
os sonhos que a gente deixa.

A estada em Angico, fazenda localizada em Poço Redondo, no estado de Sergipe, era tudo com que Lampião e Maria sonhavam havia muito tempo. As terras localizadas às margens do rio São Francisco pertenciam a Dona Guilhermina, mãe de Pedro de Cândido, homem tido como de confiança por Lampião e seu séquito. Além do descanso de que se julgavam merecedores, o grupo se dividia entre as tarefas banais do acampamento e as brincadeiras, provocações e piadas, sem contar os jogos e os arrasta-pés, tradição conhecida desde cedo por todos os integrantes, que nem a brutalidade da vida que levavam fazia arrefecer.

O mês de julho já se aproximava do final, e logo acabaria o ano de 1938, que, apesar de remeter ao calibre do famoso revólver, havia sido de relativa paz. Desde a emboscada que custara a vida do cozinheiro Barra Nova, não haviam se metido em refregas, e, apesar do espírito guerreiro que movia homens e mulheres no cangaço, alguns já se mostravam cansados daquele círculo vicioso e ousavam sonhar com uma improvável saída. Talvez por causa das conversas mais amenas, centradas no desejo de começar uma nova vida longe de toda a perseguição e das maledicências, no alvorecer do dia 27, Lampião, ao acordar, deixou sua tolda, que ficava um pouco afastada das demais, quando a passarada desandou a cantar, acompanhada por um sabiá, cujo trinado, de tão alto, parecia sair de dentro da cabeça do capitão.

— Diacho desse sabiá! Não podia dormir um pouco mais hoje?!

— O que foi, Virgulino? - perguntou Maria, que acordara em seguida. - Volte a dormir, homem!

— Não consigo mais, Santinha. Botei a culpa nesse sabiá, mas a verdade é que não consegui mais dormir foi por causa de um sonho esquisito que tive…

O sonho de Lampião

– Então somos dois, pois também tive um sonho que queria não ter sonhado.

– Eu também não queria ter sonhado, pois mexeu muito comigo, a ponto de dar um nó nos meus miolos. Vou tentar contar tudo agora, antes que eu me esqueça. Sonho tem dessas coisas, não é? Num instante a gente lembra, no outro, bate asas. Bem, foi assim…

"Sonhei que era acordado por minha mãe, que estava viva, mas era bem mais nova, para ir buscar o leite no curral. Eu também era um batoré no sonho, devia ter uns dez anos, se muito. Nesse tempo, eu e meus irmãos disputávamos a *escuma* do leite. Por isso, não me fiz de rogado e, de um salto, já estava de pé. Meu pai, no curral, sentado num banquinho, já havia enchido dois baldes. Ô fartura! A vaca que ele ordenhava era chamada de Formosa, e estava já com segunda cria. Pense numa vaca boa de leite! Mas morreu a bichinha. Acho que foi cobra, pois num dia estava viva, no outro, morta. Ah! Voltando ao sonho. Peguei o balde e, quando me aproximava da cozinha, tropecei num brinquedo que meu irmão Antônio tinha deixado no pé da porta, um pedaço de osso que ele dizia ser um marruá feroz. Minha mãe, quando viu aquilo, deu um grito e tentou me agarrar, mas eu, que nunca fui besta, me fiz nas pernas e ganhei o mato. E aí foi que a coisa encrespou de vez.

Eu não tinha mais dez anos, mas uns dezenove quando cruzei uma estrada que levava à casa de seu Saturnino, nosso vizinho, pai do cabrunquento do Zé, o meu maior inimigo. Passei por duas árvores, uma gameleira e uma oiticica, e do outro lado estava quem? Zé de Saturnino! Ele mesmo, o não sei que diga! Mas não estava armado nem me fazia ameaça. Me perguntou, como se nada houvesse acontecido, se eu não ia ao baile de Vila Bela à noite, depois da missa de Santo Antônio. Caso fosse, ele ia passar em casa para irmos junto."

– Mas você fazia a relação dele com o Zé de Saturnino real, o homem que desgraçou sua vida?

– Aí é que está! Não fazia. Sonho é "variedade". Então, eu disse a ele que sim, que nós iríamos à missa com nossos pais e depois ao baile, que naquele ano prometia. E logo estava batendo chinela, acompanhado do sujeito que sempre quis ter sob a mira do meu fuzil.

"Continuei a sonhar, e então não estava mais no baile, mas com meu pai na estação de Rio Branco, com a nossa tropa. Meu pai, vivo! Vivo, trabalhando como sempre fez, sem ser importunado por ninguém. À medida que marchávamos com a tropa, o povo fazia saudações, e ele sorria como um menino que ganhou o primeiro brinquedo ou como o apaixonado que foi correspondido. Como no sonho distância não é problema, logo eu estava de volta à nossa casa, e minha mãe, com toda a filharada, nos aguardava com um bule de café e uma mesa forrada de tudo o que você pode imaginar. Perguntei se ela estava bem, e a resposta foi que nunca se sentira melhor, que o seu coração era resistente e não havia motivos para preocupação. Olhei pra parede e no lugar da espingarda de caça estava uma flauta feita de taboca. Ouvi logo em seguida um grito: 'Virgulino!', e, quando me voltei para responder, era meu irmão Antônio, que Deus o tenha em bom lugar, que me abraçou com tanta força que ainda sinto o calor do abraço.

"Mas, apesar de eu ter tudo ali, Santinha, faltava uma coisa que eu não sabia dizer o que era. Todo o rosário de desgraças que desabou sobre a gente não existia, mas ainda assim eu me sentia incompleto, como se faltasse uma parte de mim. Olhei pra todo canto e, à medida que eu ia lembrando de tudo por que passei, as pessoas iam desaparecendo, como visagens, sem que eu pudesse abraçá-las uma última vez. Sumiram Antônio, Livino, Ezequiel, meu pai e, por último, minha mãe.

"Lá longe, ouvi o grito de Zé de Saturnino, convocando seus jagunços pra darem cabo de mim. Olhei num espelho trincado, na parede do que já foi a nossa casa, vi que meu olho direito estava vazado e constatei que em meu corpo haviam voltado todas as cicatrizes dos tiros que tomei. Tentei gritar, mas a voz não saía nem a pulso, e isso foi angustiante. Corri pro fundo da casa e fui vendo, um a um, todos aqueles que matei. Soldados, velhos, meninos, gente boa e gente ruim.

"De repente, como se viesse em meu socorro, o rio São Francisco, desviando-se de seu curso, corria em volta de nossa casa. Joguei-me em suas águas e comecei a nadar, desesperado para escapar da emboscada que me havia preparado Zé de Saturnino, devolvido à condição de meu maior inimigo. O rio se fazia mar e ia lavando todo o sertão velho, como numa profecia bradada havia muito tempo nos ermos de Canudos. De repente, o Raso da Catarina, que tantas vezes nos acolheu, não era mais um deserto, e sim um mundaréu de água. As onças, assustadas, buscavam as copas das árvores mais altas, e os pássaros batiam as asas sem descanso, como no tempo de Noé, em demanda de um lugar seco que o rio, crescendo cada vez mais, lhes negava.

"De tão cansado que estava, perdi o alento e fechei os olhos, pedindo aos encantados do rio que me ajudassem ou acabassem de vez com aquela agonia. Depois de um tempo, era como se não respirasse mais ou não estivesse mais vivo. As águas do rio foram mudando de cor até ficarem encarnadas como a roupa dos mouros nas chegranças. Eu sentia que aquele era o sangue que derramei na força do punhal, do fuzil e do clavinote. Mas o rio tinto de sangue me levou bem longe, e, quando me dei conta, estava na Malhada da Caiçara. Ao abrir o olho, vi que você estava comigo e agradeci a Deus e a meu Padim Ciço por ainda ter você, por poder viver ao seu lado e, quem sabe, morrer ao seu lado..."

Mal terminara de narrar o estranho sonho, Lampião segurou as duas mãos de Maria como se buscasse nelas algum amparo junto à única pessoa que conhecia todas as suas forças e também as suas fraquezas. Soltou-as em seguida, recuando dois passos ao sentir a frialdade nas mãos da companheira.

– Que houve, Santinha?! Foi por causa do meu sonho?

– Não, Virgulino, foi por causa do meu sonho! – Enquanto Maria falava, Lampião adicionava alguns gravetos à improvisada trempe onde seria feito o café do grupo. Ela então prosseguiu: – Também tive um sonho, mas a vontade que tenho é de me esquecer dele, tal o estado que fiquei quando acordei.

– Se não quiser contar, Santinha, não precisa, eu entendo. Eu costumava ter esses sonhos terríveis, tudo por causa de um chapéu estrelado benzido por Moreno. Moreno, você sabe, é índio pankararu que conhece as artes de seu povo e as rezas brabas do branco. Ele me disse que, enquanto eu usasse o bendito chapéu, não seria pego de surpresa pelos macacos da volante. Isso até que era verdade, pois eu costumava acordar no meio da noite, suando frio e gritando o nome dos meus homens de confiança. Mas era um troço tão aflitivo, tão torturante, que me desfiz do chapéu. Então, como eu disse, entendo se você não quiser me contar.

Maria agarrou um rosário que trazia num dos bolsos e, sem que o companheiro visse, deixou que corressem entre seus dedos, uma a uma, todas as contas, como se buscasse forças para revelar o sonho agourento que tivera. Respirou forte antes de começar:

O sonho de Lampião

– Antes de vir para cá, eu não estava com um bom pressentimento, você se lembra? – O companheiro assentiu com a cabeça, e ela continuou: – Então, nesta noite sonhei um sonho tão real, mas tão real que, ao acordar, senti um grande alívio. No sonho, a gente estava aqui mesmo, no coito, dormindo despreocupadamente, quando os cavalos do cão[7] chegaram com as matadeiras[8] em punho e massacraram muitos de nós...

– Ih! Santinha, sonhos iguais a esse eu já tive tantos que perdi a conta.

O aparte do companheiro não foi bem recebido pela rainha do cangaço:

– Igual a esse garanto que não, Virgulino! Eu vi o coito cercado de todos os lados. Chegava a ouvir o zunido das balas passando, queimando os nossos corpos. E sabe quem estava à frente dessa emboscada? João Bezerra, aquele que um dia fingiu ser seu amigo! O infeliz e um bando de satanases, mais de quarenta. Mal o sol despontou, e escutei uma rajada, acertando você em cheio, na cabeça. Três tiros. Logo depois, nossos amigos tentaram resistir, mas nem sabiam de onde vinha tanto tiro. Vi Sila tentando correr e Enedina sendo alvejada na cabeça. Onze de nós terminaram varados pelas descargas. Eu vi quando Luís Pedro, seu homem de confiança, fugia, na companhia de Sila, Zé Sereno e outros mais. Eu reuni as forças e perguntei se ele ainda se lembrava do que lhe prometeu quando matou acidentalmente Antônio, seu irmão. E sabe o que aconteceu, Virgulino? – Lampião sacudiu a cabeça negativamente. – Ele voltou, gritando feito um doido, brandindo o rifle, sem ver de onde vinham os tiros, que o acertariam em várias partes do

---

[7] As forças volantes. (N.A.)
[8] Metralhadoras. (N.A.)

corpo. Eu mesma, ferida, caída no chão sobre uma poça de sangue, vi um maldito se aproximando e cortando fora minha cabeça com o mesmo facão que cortou a sua. Depois disso, os malditos degolaram todos os mortos e feridos, sem compaixão, urrando de felicidade. Foi esse o meu sonho. Sonho não, pesadelo. O pior que já tive em minha vida.

Lampião ficou imóvel por alguns segundos. Olhou ao seu redor e só conseguiu ver a passarada multicolorida que voejava em direção ao rio majestoso que corria ali perto. Estreitando a mulher nos braços, disse com voz afável, tentando espantar para bem longe a preocupação:

– Isso nunca vai acontecer, Santinha! Ao quebrar da barra, estaremos todos vivos, bebendo e festejando mais um dia neste mundo de meu Deus.

Na madrugada do dia 28 de julho de 1938, uma volante da polícia alagoana, comandada pelo tenente João Bezerra, alcançara o coito de Angico onde estavam acampados, em toldas espalhadas por todo o terreno, trinta cangaceiros e cinco mulheres. A localização exata foi dada pelo coiteiro Pedro de Cândido, submetido a inomináveis torturas por Mané Veio, de Santa Brígida, amigo de infância de Maria de Déa. Mané Veio, assassino da ex-esposa Cidália, mais um crime de "honra", tentava limpar o seu nome, já que seu ato covarde causara revolta em boa parte do povo. Na ocasião, fugindo dos perseguidores nas cercanias da Malhada da Caiçara, reencontrou a antiga amiga, que estava agora do outro lado da trincheira. Maria convidou-o a entrar no cangaço, e ele, a pretexto de pensar no assunto, pediu um tempo, desaparecendo de suas vistas. Até aquele momento.

O sonho de Lampião

Um indivíduo chamado Joca Bernardes, coiteiro de Corisco e inimigo de Pedro, o denunciara ao sargento Aniceto, que enviou para João Bezerra, via telégrafo, a misteriosa mensagem: "Tem boi no pasto". Mané Veio, o assassino de Cidália, submeteu Pedro a uma sessão de tortura que incluía desde furar todo o corpo do homem com o punhal até extrair-lhe algumas unhas. A sessão foi tão brutal que Pedro, não resistindo, delatou o irmão, Durval, o único que sabia a localização exata do esconderijo dos cangaceiros. Durval foi ameaçado e, mesmo negando a princípio, arregou quando os homens da lei ameaçaram matar Guilhermina, sua mãe.

Na noite anterior à tragédia, os cangaceiros haviam esvaziado várias garrafas de conhaque e cachaça. Maria confidenciara a Sila seu desejo de se mudar para Mato Grosso, com Virgulino e Expedita, onde poderiam viver outra vida, com nomes falsos, usufruindo do dinheiro que Lampião amealhara em quase vinte anos de vida bandoleira. Lampião, por seu turno, ao acordar, começara a rezar, com os seus cabras, o ofício de Nossa Senhora da Imaculada Conceição, uma das mais belas orações, que, no início das Matinas, diz:

> *Agora, lábios meus,*
> *dizei e anunciai*
> *os grandes louvores*
> *da Virgem Mãe de Deus.*
>
> *Sede em meu favor,*
> *Virgem soberana,*
> *livrai-me do inimigo*
> *com o vosso valor.*

A reza, que talvez tenha sido eficiente em outros momentos, não livrou o grupo dos inimigos. O fato de estarem em um leito, ainda que seco, de um riacho afugentou a proteção mágica da qual Lampião acreditava desfrutar[9]. O povo, em sua simplicidade sábia, costuma dizer que nem Jesus, o Verbo Encarnado, escapou da traição. O Judas de Angico era Joca Bernardes, e sua traição resultou no massacre no qual pereceram, sem chance de defesa, Lampião, Maria de Déa e mais nove cangaceiros. Eram eles: Luís Pedro, Mergulhão, Cajazeira, Elétrico, Tempestade, Cajarana, Marcela, Quinta-Feira e Enedina. Apenas um soldado de nome Adrião perdeu a vida, ao que consta, pelas mãos de outro soldado.

Sila, Zé Sereno e os demais conseguiram fugir. Os grupos de Labareda, Corisco e Canário haviam sido convocados por Lampião e, por se atrasarem, escaparam da chacina. Maria Bonita, ferida e ainda com vida, foi degolada pelo soldado José Panta de Godoy. Seu cãozinho, Guarani, que latia desesperado em torno do cadáver da dona, foi executado com um tiro na cabeça pelo policial Sebastião Vieira Sandes, sobrinho da baronesa de Água Branca, assaltada pelo bando de Lampião, cujo nome de batismo era Joana Vieira Sandes. Os bárbaros, talvez acreditando que teriam cem anos de perdão, dividiram entre si os frutos das pilhagens e "arrecadações" dos cangaceiros. Segundo consta, fizeram um monte ao qual adicionaram joias, cédulas e moedas, além de outros bens, para a divisão do butim. O sanguinário Mané Veio recusou-se a partilhar o que ajuntara, incluindo as duas mãos de Luís Pedro, decepadas por ele para, em outro local, proceder à retirada dos muitos anéis.

---

[9] Acredita-se que as orações para fechamento de corpo perdem sua eficácia na água. (N.A.)

O sonho de Lampião

Há quem diga que, no mesmo local onde foram mortos os onze cangaceiros, ainda se ouvem tiros e gritos lancinantes. As missas, rezadas todos os anos em sufrágio de suas almas, têm ajudado, conforme se crê, a reduzir suas penas. Aos traidores, no entanto, já dizia um poeta florentino, está reservado o lugar mais baixo das profundezas do Inferno.

Angelo Roque, o Labareda, que liderava outro grupo, rendeu-se no ano seguinte. Já Corisco, que tinha jurado não se entregar, pois não era passarinho para viver na prisão, foi abatido em Brotas de Macaúbas, Bahia, em 1940. Dadá resistiu bravamente, mas, devido aos ferimentos, acabou tendo uma perna amputada antes de ser detida pela volante de Zé Rufino. O povo, em festa, insensível à dor sua dor, cantava em êxtase:

Vadeia, gente,
até o sol raiá.
Mataram Corisco
e balearam Dadá!

O cangaço, movimento que reuniu homens de coragem desmedida, capazes dos atos mais heroicos e também das maiores torpezas, foi definitivamente enterrado com Corisco. Já Dadá, que, assim como outras mulheres, foi arrastada e se fez atriz de um grande drama, encenado na vastidão da mata branca, viveu para contar a sua versão da história.

E é graças a ela, a Sila, a Dulce, a Durvinha e a muitas vozes uníssonas ou contraditórias que hoje contamos a nossa.

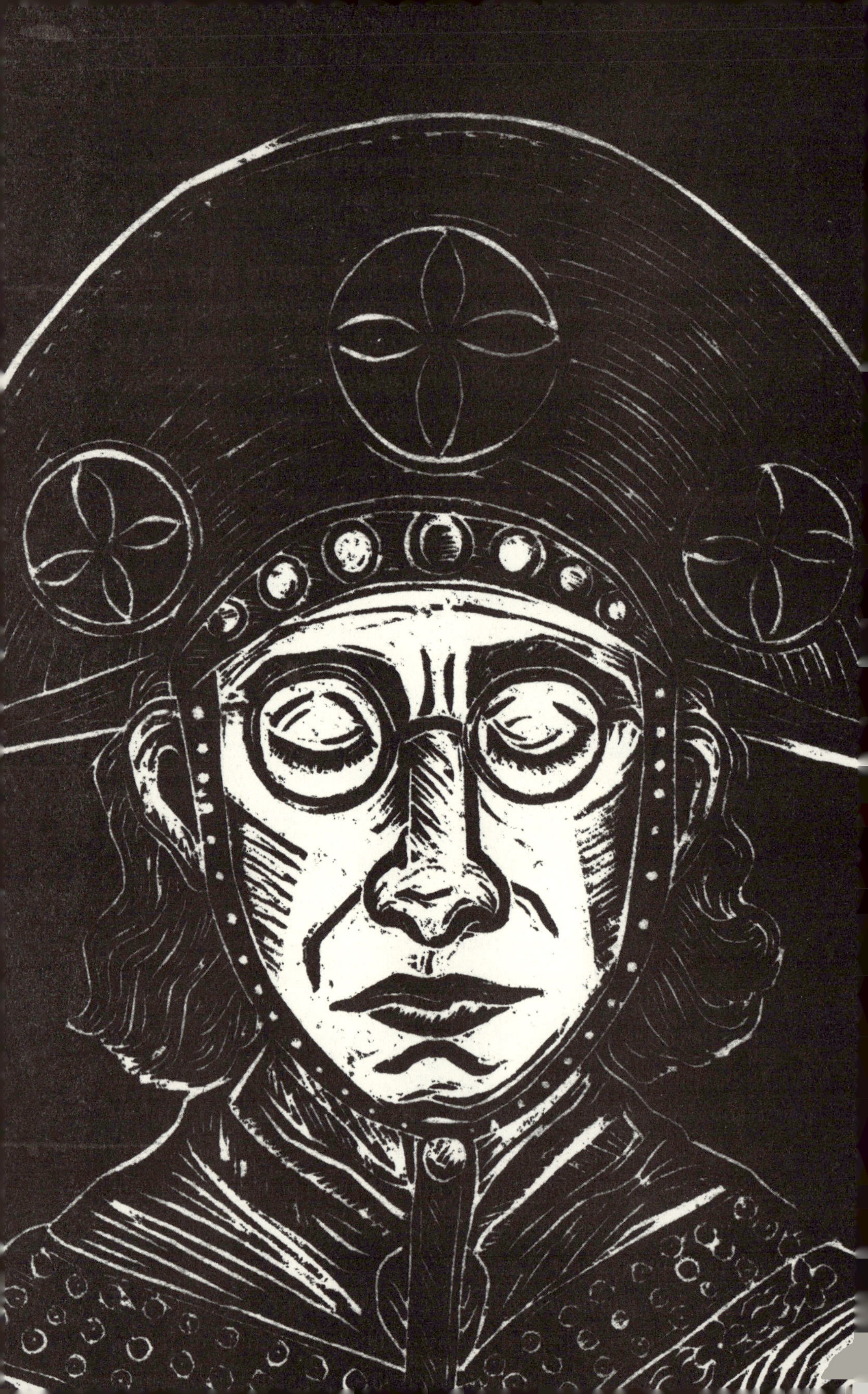

As muitas faces de um mito

Quando iniciamos a pesquisa que redundaria neste livro, sabíamos do tamanho do desafio e das dificuldades que nos esperavam. Afinal de contas, escrever sobre Lampião significa revisitar não apenas a sua história, mas a de muitas outras personagens, unidas por uma teia de tragédias urdidas em tramas violentas encenadas no cenário inóspito do sertão nordestino. A mais importante, por razões óbvias, é Maria Gomes de Oliveira, a Maria de Déa, que a posteridade rebatizaria como Maria Bonita. E foi a partir dela, ou melhor, de seu núcleo familiar, apresentando o cenário da fazenda Malhada da Caiçara no sertão da Bahia, que resolvemos começar nossa jornada. Trata-se, afinal, não de um retrato fiel, mas de uma reinterpretação, com matizes ficcionais, da trajetória de Virgulino Ferreira da Silva, o temível Lampião, que o poeta cordelista José Pacheco da Rocha, exagerando, mas não mentindo, dizia ser "assombro do mundo inteiro". Esses matizes podem ser percebidos principalmente nos diálogos, culminando com o tema do título, o sonho do cangaceiro, que apresenta uma encruzilhada narrativa, tentando imaginar o que seria a vida de Lampião e, consequentemente, a de Maria de Déa, se ele não tivesse sido acusado e perseguido por José de Saturnino, entrando para o cangaço e arrastando consigo parte de sua família.

A ideia, quase uma fanfic, discute o fatalismo vivo nas crenças populares, reforçado nos discursos de cangaceiros e volantes, que, por vezes, serve para justificar as mazelas sociais e as seculares injustiças. Algumas perguntas não precisam ser respondidas, mas devem ser marteladas, pois, se não levam a um consenso, ajudam a enxergar melhor uma história que passa longe de ser unidimensional. "Lampião", escreve Eric Hobsbawm, "foi e ainda é um herói para o seu povo, mas um herói ambíguo."[10] Mais que ambíguo, contraditório, daí as muitas interpretações conflitantes, versões desencontradas e perfis que ora focalizam o homem, ora o mito.

O cangaço, sabemos, não teve início com Lampião, e a nossa história mostra, inclusive, que seu ingresso ocorreu, depois de algumas refregas com José de Saturnino, com a sua acolhida pelo bando de Sinhô Pereira. O Nordeste ainda não havia se esquecido de Antônio Silvino, alcunha de Manuel Batista de Moraes, cangaceiro nascido na Serra da Colônia, Pernambuco, mitificado em romances versados pelos poetas Francisco das Chagas Batista e Leandro Gomes de Barros. Silvino, depois do assassinato de seu pai, Pedro Batista de Morais, e da apropriação de terras de sua família pela companhia inglesa Great Western, para construção de uma estrada de ferro, após liderar por dezoito anos um bando armado, acabou sendo preso em 1916; permaneceu na casa de detenção do Recife até 1937, quando foi indultado pelo presidente Getúlio Vargas. Antes de Antônio Silvino, a história registra os nomes de Adolfo Meia-Noite, Rio Preto, Jesuíno Brilhante e Lucas de Feira, entre outros.

Na literatura de cordel

Se Lampião não foi o primeiro, as suas ações, diferentemente dos seus antecessores, extrapolaram os limites de sua terra natal e dos

---

[10] HOBSBAWM, Eric. *Bandidos*. Tradução de Donaldson M. Garchagen. São Paulo: Paz e Terra, 2010, p. 88.

O sonho de Lampião

arredores, fazendo dele uma figura de alcance nacional, presença fácil em páginas da imprensa sensacionalista, o que exigiu, em tempos distintos, maior engajamento por parte das forças legais com vistas ao desbaratamento de sua quadrilha. A literatura de cordel, que ajudou na construção do mito Antônio Silvino, começou a se voltar para Lampião ainda no início dos anos 1920, mas não de forma lisonjeira ou encomiástica. Longe disso. As informações que chegavam aos poetas populares, por meio dos jornais ou levadas de boca em boca, verdadeiras ou não, ampliavam, no imaginário coletivo, as barbaridades cometidas por Lampião e seu bando, motivando versos como estes que reproduzimos abaixo, de João Martins de Athayde:

> *É um martírio danado*
> *De nos causar sensação*
> *Esse micróbio voraz*
> *Causando mal à nação*
> *Faz tudo ficar maluco*
> *Lampião em Pernambuco*
> *Imperando no sertão.*[11]

Laurindo Gomes Maciel, paraibano como Athayde, mas vivendo em Ilhéus, Bahia, já na primeira metade do século XX, talvez, pela distância geográfica do epicentro do cangaço, se sentisse à vontade para escrever versos duros, de teor acusatório, afrontosos até, sobre o rei do cangaço:

---

[11] ATHAYDE, João Martins de. *Lampião em Vila Bela*. Recife, 1946. Não se trata da primeira edição, publicada, certamente, na década de 1920, mas de uma das muitas reimpressões (grafia atualizada).

> *Pernambuco e Paraíba*
> *Têm raiva de Lampião*
> *Porque este desgraçado*
> *Tem derrotado o sertão*
> *De todos é odiado*
> *Lá ele é considerado*
> *Como assassino e ladrão.*

O autor, que comete erros pontuais, atribuindo a Lampião, por exemplo, uma naturalidade sergipana, lamenta o atual estado em que se encontra o famoso facínora, possivelmente por ocasião de sua incursão no Raso da Catarina, mas não economiza nas ofensas. Já perto do fim, talvez com medo de seu folheto parar nas mãos do Capitão, o poeta quase se retrata:

> *Lampião é uma fera*
> *Como todo mundo sabe*
> *Seu nome no universo*
> *Não terá mais quem o gabe*
> *Eu temo ele não me jure*
> *Porém não há bem que ature*
> *Nem mal que nunca se acabe.*[12]

Havia, no entanto, exceções, como o poeta José Cordeiro, de Juazeiro do Norte, que, por ocasião da visita de Lampião à cidade em 1926, a convite do Padre Cícero, depois de encontrar-se com o cangaceiro recebeu deste a incumbência de recontar em versos sua caminhada, ou parte dela, até ali. Sabemos que Lampião lá esteve

---

[12] MACIEL, Laurindo Gomes. *Lampião arrependido da vida de cangaceiro*. In: PROENÇA, Manoel Cavalcanti. *Literatura popular em verso: antologia*. São Paulo: Edusp; Rio de Janeiro: Fundação Casa de Rui Barbosa, 1986.

O sonho de Lampião

com o intuito de receber a patente de capitão e engajar-se na perseguição à Coluna Prestes, por maquinação de Floro Bartolomeu, político que manipulava, com sucesso, o patriarca da Meca cearense. Parte do poema é narrado em primeira pessoa, talvez um artifício do poeta para não se comprometer tanto ao tecer loas ao cangaceiro:

> *Em troca dessa patente*
> *(Quem me deu assim o diz)*
> *Vou perseguir revoltosos*
> *Enquanto houver no país*
> *Com esta resolução*
> *Marcharei pelo sertão*
> *Com fé que serei feliz.*
>
> *Não serei mais cangaceiro*
> *Sou capitão Virgulino*
> *Nem também serei ladrão*
> *Só fico sendo assassino*
> *Troquei velhas profissões*
> *Por três bonitos galões*
> *De polícia; que destino!*[13]

O fim trágico de Lampião, com o consequente desmantelamento do cangaço, ajudou a consolidar a sua mitificação ou, talvez, sua mitologização, e, para tal, o arquétipo do bandido nobre, que combate os ricos e auxilia os necessitados, que já vestira Jesuíno Brilhante e Antônio Silvino, viria a colar indissociavelmente à sua imagem. Vemos, a partir da década de 1940, o surgimento de um

---

[13] CORDEIRO, José. *Visita de Lampião a Juazeiro*. In: LOPES, José Ribamar (org.). *Literatura de cordel: antologia* (edição fac-similar). Fortaleza. Banco do Nordeste do Brasil, 1984.

ciclo, o de cordéis que se apoiam no fantástico, dentro do ciclo mais abrangente de narrativas, geralmente épicas, sobre o cangaço. Não é por acaso que Lampião, depois da chacina de Angico, apartado de seus cabras e de Maria Bonita, perambulará sem descanso pelo inferno, céu e purgatório, em histórias que vão da sátira à moralidade, da louvação à repressão, equilibrando-se magistralmente entre o sagrado e o profano. O mais importante desses folhetos é *A chegada de Lampião no inferno*, de José Pacheco, também a obra em cordel sobre o cangaceiro de maior êxito em todos os tempos. Para maior verossimilhança, o autor evoca o testemunho de um fantasma, o cabra Pilão Deitado, que assombra o sertão, noticiando os feitos *post-mortem* de seu ex-comandante:

> *Um cabra de Lampião*
> *Por nome Pilão Deitado*
> *Que morreu numa trincheira*
> *Em certo tempo passado*
> *Agora pelo sertão*
> *Anda correndo visão*
> *Fazendo mal-assombrado*
>
> *E foi quem trouxe a notícia*
> *Que viu Lampião chegar*
> *O Inferno nesse dia*
> *Faltou pouco pra virar*
> *Incendiou-se o mercado*
> *Morreu tanto cão queimado*
> *Que faz pena até contar*[14].

---

[14] ROCHA, José Pacheco da. *A chegada de Lampião no inferno*. Fortaleza: Tupynanquim, sd, p. 1.

O sonho de Lampião

A referência à "trincheira" deve-se, sem dúvida, ao contexto em que a obra foi escrita: o período em que o mundo assistia, angustiado, ao desenrolar da Segunda Grande Guerra. O folheto de Pacheco é narrado como se fosse uma história de teatro de mamulengos, descrevendo a luta de Lampião com os demônios, aos quais ele derrota, levando o inferno à bancarrota. Do mesmo autor é outro clássico, *Grande debate de Lampião com São Pedro*, narrado em décimas. Dialogando com as duas histórias, *A chegada de Lampião no céu*, de Rodolfo Coelho Cavalcante, de 1947, traz motivos do julgamento celeste, tema muito presente nos autos religiosos desde os primeiros anos da catequese jesuítica, em que o diabo aparece na figura do acusador, ao passo que a Virgem Maria atua como advogada, como na oração "Salve, Rainha", e Jesus, o juiz. Sem encerrar o ciclo, mas fechando a "divina comédia sertaneja", há *A chegada de Lampião no purgatório*, de Luiz Gonzaga de Lima, o Gonzaga de Garanhuns. Nessa obra, a pesagem das almas, por São Miguel, ou psicostasia, motiva nova debandada do insubmisso cangaceiro:

> *Porém Virgulino disse:*
> *– Não aceito ser pesado,*
> *Não sou carne nem arroz*
> *Que se vendem no mercado;*
> *A balança sobe e desce,*
> *Porém só Jesus conhece*
> *O peso do meu pecado.*[15]

A verdade é que a literatura de cordel, ao captar o imaginário coletivo, contribuiu sobremaneira na construção do mito. Por vezes, os autores não diferenciavam fatos de anedotas, como se

---
[15] LIMA, Luiz Gonzaga de. *A chegada de Lampião no purgatório*. São Paulo: Luzeiro, 1981, p. 8.

pode comprovar em *Lampião, o rei do cangaço*, e *Maria Bonita, a mulher-cangaço*, ambos de Antônio Teodoro dos Santos, escritos na década de 1940, ou *A verdadeira história de Lampião e Maria Bonita*, de Manoel Pereira Sobrinho. Este último, pródigo em exageros, atribuía ao facínora mil e oitocentos crimes e ataques a mil e duzentas cidades (!). Em 1965, apareceu o épico *Os cabras de Lampião*, geralmente considerada a melhor biografia do bandoleiro nordestino, de autoria do excelente poeta Manoel d'Almeida Filho. Algumas inconsistências, como o verso em que Sinhô Ferreira, que só tinha 26 anos, é chamado de "velho", não deslustram o brilho da obra, sempre reimpressa com grande sucesso pela editora Prelúdio e sua sucessora, a paulistana Luzeiro. O poeta, antecipando-se a possíveis críticas, ao final se desculpa com os leitores:

> *Tudo o que aqui narramos,*
> *Dos cabras de Lampião,*
> *Lemos ou nos foi contado*
> *Por pessoas do sertão,*
> *Não temos culpa se houve*
> *Erros na informação.*[16]

Poetas contemporâneos continuam a escrever sobre Lampião, seja reportando suas jornadas espirituais, como se lê em *Lampião e Padre Cícero num debate inteligente* (Moreira de Acopiara), seja repisando os seus feitos reais ou lendários, a exemplo de *Lampião, o capitão do cangaço*, de Gonçalo Ferreira da Silva, ou *Lampião, vinte anos de luta*, de Costa Senna, ou, ainda, *História completa de Lampião e Maria Bonita*, de Rouxinol do Rinaré e Klévisson Viana. Trata-se, afinal, da personagem mais biografada ou retratada na literatura de cordel.

---

[16] D'ALMEIDA FILHO, Manoel. *Os cabras de Lampião*. São Paulo: Prelúdio, 1965, p. 48.

O sonho de Lampião

Na música popular, no folclore e no cinema

Depois de entrar no bando de Lampião, com apenas onze anos, Antônio dos Santos, o Volta Seca, jamais imaginaria que seria o responsável por revelar ao mundo um acervo de cantigas, em vários gêneros, no que constitui em parte o repertório **folclórico** do cangaço. As toadas nem sempre era elogiosas, como se percebe na segunda quadrinha, certamente entoada pelos soldados das volantes:

> *Lá vem Sabino*
> *Mais Lampião,*
> *Chapéu de couro*
> *E o fuzil na mão.*
>
> *Lampião diz que é valente,*
> *É mentira, é corredor;*
> *Correu na Mata Escura,*
> *Capoeira levantou.*

O mesmo Volta Seca imortalizaria os versos de "Acorda, Maria Bonita" e "Mulher rendeira", entoados até hoje, embora com ressalvas, por seu alegado teor misógino:

> *Acorda, Maria Bonita,*
> *Levanta, vai fazer o café,*
> *Que o dia já vem raiando,*
> *E a polícia já está de pé.*
>
> *Olê, mulher rendeira,*
> *Olê, mulher renda,*
> *Tu me ensinas fazer renda,*
> *Que eu te ensino a namorar.*

No campo da **música popular**, foi Luiz Gonzaga, nascido em Novo Exu, Pernambuco, não muito distante da Vila Bela de Lampião, o maior divulgador da estética do cangaço, na música, na dança (mais especificamente o xaxado, inventado pelo bando, mas não só) e no vestuário. Gonzaga, que se apresentava vestido de cangaceiro, imortalizou canções como "Na pisada de Lampião", em parceria com Zé Dantas:

Assim era que cantava os cabras de Lampião,
Dançando e xaxando nos forró do sertão;
Entrando numa cidade, ao sair dum povoado,
Cantando a rendeira se danavam no xaxado.

A linda composição *Maria Cangaceira*, composta por Teo Azevedo e cantada pelo rei do baião, traz versos como estes:

Maria, Maria,
Bonita como a natureza,
Bonita como canta a água
Na quebrada da correnteza.

Gonzaga ainda gravou *Lampião falou*, de Aparício Nascimento e Venâncio, composta em sextilhas à maneira dos folhetos de cordel, espécie de testamento do cangaceiro:

Eu não sei por que cheguei,
Mas sei tudo quanto fiz,
Maltratei, fui maltratado,
Não fui bom, não fui feliz,
Não fiz tudo quanto falam,
Não sou o que o povo diz.

O sonho de Lampião

Qual o bom entre vocês?
De vocês, qual o direito?
Onde está o homem bom?
Qual o homem de respeito?
De cabo a rabo na vida
Não tem um homem perfeito.

Alceu Valença, talvez inspirado pelo cordelista José Pacheco, pintou um quadro apocalíptico em *Como nos sonhos fatais*:

Ói, qualquer dia Lampião
vai descer desembestado,
É no dorso de um cometa,
nas ondas médias dos rádios,
E vem num cavalo do cão,
galopando na amplidão
Sem medo, culpa ou pecado.

Nenhuma composição, no entanto, alcançou mais público que *Mulher nova, bonita e carinhosa faz o homem gemer sem sentir dor*, do repentista Otacílio Batista, que glosou mote conhecido no universo da cantoria nordestina. Divulgado na voz de Amelinha, então casada com Zé Ramalho, que também assina a composição, esse martelo agalopado fez sucesso quando a estrofe que cita Lampião e Maria Bonita, que não é nomeada, foi escolhida como tema de abertura da minissérie *Lampião e Maria Bonita*, de Agnaldo Silva e Doc Comparato, exibida pela Rede Globo em 1981.

> *Virgulino Ferreira, o Lampião,*
> *Bandoleiro das selvas nordestinas,*
> *Sem temer a perigo nem ruínas,*
> *Foi o rei do cangaço no sertão.*
> *Mas um dia sentiu no coração*
> *O feitiço atrativo do amor:*
> *A mulata da terra do condor*
> *Dominava uma fera perigosa.*
> ***Mulher nova, bonita e carinhosa***
> ***Faz o homem gemer sem sentir dor.***

O **cinema**, com notória influência do western estadunidense, não poderia ficar indiferente ao rei do cangaço e à sua corte bandoleira, a começar pelo malfadado "documentário" de Benjamin Abrahão, citado em nosso livro e descrito com muitas minúcias por Adriana Negreiros em sua biografia de Maria Bonita. Apesar de forçado e, muitas vezes, pouco espontâneo, o pouco que resta do filme traz, por exemplo, alguns registros da relação de afeto entre Lampião e Maria, que parecia verdadeira:

> Da parte de Lampião, as imagens do sírio-libanês demonstram a respeitabilidade que ele impunha à sua condição de primeira-dama. Maria aparece ao lado de Virgulino nas situações mais importantes, em plano privilegiado, com postura impávida, que não se percebia em outras mulheres, como sua grande amiga Neném, cujas fotos revelam um constante ar desolado. [E prossegue a autora:] Abrahão capta o casal em momento de privacidade, com Maria se esforçando para alcançar o topo da cabeça do companheiro e pentear

seu cabelo de aparência ensebada – talvez por excesso de brilhantina. Lampião salpica perfume em si e na companheira, como marido e esposa se preparando, juntos, para uma ocasião especial. E, ao fim da cena, bem-humorado, o capitão faz graça com o cinegrafista, como se jogasse colônia nele também.[17]

Curiosamente, a cena descrita inspiraria o longa-metragem *Baile perfumado*, de 1996, de Lírio Ferreira e Paulo Caldas, com Duda Mamberti como Benjamin Abrahão e Luís Carlos Vasconcelos no papel de Lampião. O filme ampara-se, ainda, nas pesquisas do historiador Frederico Pernambucano de Mello, autor de *Guerreiros do sol*.

Muito antes, em 1953, apenas treze anos depois da morte de Corisco, o filme *O cangaceiro*, de Lima Barreto (homônimo do grande escritor), produzido pela Companhia Cinematográfica Vera Cruz, seria escolhido como "o melhor filme de aventura" no tradicional festival de Cannes, abrindo as portas para o sucesso em escala global, com distribuição da Columbia Pictures. Lampião não aparece de rosto descoberto, sendo o filme protagonizado pelo capitão Galdino (vivido por Milton Ribeiro), chefe de um bando de cangaceiros responsável por uma série de pilhagens e assassinatos em estados nordestinos. O rapto da professora Olívia (Marisa Prado) é o estopim para o feroz conflito entre Galdino e seu comandado Teodoro (Alberto Ruschel), que se apaixona pela moça e luta por sua libertação. Com roteiro da escritora Rachel de Queirós, *O cangaceiro* foi filmado no interior de São Paulo e trazia, portanto, um

---

[17] NEGREIROS, Adriana. *Maria Bonita: sexo, violência e mulheres no cangaço*. Rio de Janeiro: Objetiva, 2018, p. 189. (N.A.)

Nordeste *fake*. O ator Milton Ribeiro (1921-1972), que era paulista, tornou-se figurinha carimbada no gênero que ficou conhecido como Nordestern (misto de Nordeste com western). Ribeiro atuou em filmes como *A morte comanda o cangaço* (o capitão Silvério, o antagonista), *O Cabeleira, Lampião, o rei do cangaço* (o papel-título é de Leonardo Villar), *Corisco, o diabo loiro* no papel de Lampião e contracenando com Corisco (Maurício do Valle) e Dadá (Leila Diniz) e *Meu nome é Lampião*, no qual volta a interpretar o rei do cangaço.

Sem a presença física de Lampião, que é citado boa parte do filme, o drama *Deus e o diabo na terra do sol* (1964) é a obra-prima de Glauber Rocha e, para muitos cinéfilos, do próprio cinema brasileiro. O protagonista é Corisco (vivido por Othon Bastos), e a ambientação do filme se dá no sertão da Bahia, depois da morte de Lampião, em meio à perseguição dos poderosos a um grupo liderado por Sebastião, um santo popular inspirado em Antônio Conselheiro. O filme não se preocupa em ser fiel à realidade histórica, constituindo-se em uma poderosa alegoria sobre as relações de poder, com diálogos cortantes e tomadas que desconcertam em sua aparente desconexão. Maurício do Valle interpreta Antônio das Mortes, matador de cangaceiros, talvez a figura mais icônica do universo glauberiano, que reaparecerá em *O dragão da maldade contra o santo guerreiro* (1969), que não é necessariamente uma sequência de *Deus e o diabo na terra do sol*.

O interesse pelo cangaço decai nos anos 1970, mas ainda pode ser identificado no documentário *O último dia de Lampião*, de 1975, dirigido por Maurício Capovilla, a partir do livro *Assim morreu Lampião*, de Antonio Amaury Corrêa de Araújo. Com direção de fotografia de Walter Carvalho, a produção marca a estreia do programa *Globo Repórter*, da Rede Globo. Na mesma emissora, na década seguinte, com a já citada minissérie *Lampião e Maria Bonita*, dirigida por Luís Antônio Piá e Paulo Afonso Grisolli, com Nelson Xavier e Tânia Alves nos papéis principais, narrando os últimos dias do grupo de cangaceiros, mas com uma história que tomava liberdades para o além do aceitável.

Na década seguinte, destaca-se, além de *Baile perfumado*, o belo filme *Corisco & Dadá* (1996), de Rosemberg Cariry, com Chico Diaz e Dira Paes, narrado em tom de fábula sem escamotear a brutalidade da história que alterna violência e lirismo. Impossível deixar de citar o cangaceiro Severino de Aracaju, personagem brilhantemente defendido por Marco Nanini na minissérie *O auto da Compadecida*, dirigida por Guel Arraes em 1999, baseada, principalmente, na peça quase homônima de Ariana Suassuna, escrita em 1956. A história de Severino é nitidamente baseada na de Lampião. Por ironia do destino, João Suassuna, pai de Ariano, que foi assassinado durante os eventos que culminaram na Revolução de 1930, governava a Paraíba entre 1924 e 1928 e, aproveitando-se do rompimento de relações entre Lampião e o coronel José Pereira, de quem era protegido, intensificou as defesas, com o apoio dos coronéis. Ariano dizia admirar Lampião, por seu aspecto trágico, mesmo reconhecendo e condenando as atrocidades por ele cometidas, mas admirava mais ainda Maria Bonita, "uma mulher extraordinária".

Em 2014, foi a vez de Alceu Valença, cantor e compositor que, volta e meia, traz o imaginário do cangaço para as suas canções, roteirizar e dirigir o épico *A luneta do tempo*, filme que traz o ótimo ator Irandhir Santos na pele de Lampião. Trata-se de uma ópera popular calcada no ritmo do cordel, com diálogos quase cantados. Cordel de ódio e amor, como é dito a um certo momento, o filme resume o mito como nenhuma outra obra logrou fazer desde que Virgulino recebeu o nome que lhe garantiria a imortalidade.

Obras consultadas

ARAÚJO, Antonio Amaury Corrêa de; ARAÚJO, Carlos Elydio Corrêa de. *Lampião: herói ou bandido*. São Paulo: Claridade, 2009.

FERREIRA, Vera; ARAÚJO, Antonio Amaury Corrêa de. *De Virgolino a Lampião*. Aracaju: Sociedade do Cangaço, 2009.

HOBSBAWM, Eric. *Bandidos*. Tradução de Donaldson M. Garchagen. São Paulo: Paz e Terra, 2010.

MELLO, Frederico Pernambucano de. *Guerreiros do sol*: banditismo no nordeste do Brasil. Recife: Massangana, 1985.

NEGREIROS, Adriana. *Maria Bonita*: sexo, violência e mulheres no cangaço. Rio de Janeiro: Objetiva, 2018.

PERICÁS, Luiz Bernardo. *Os cangaceiros*: ensaio de interpretação histórica. São Paulo: Boitempo, 2010.

VIANA, Klévisson. *Lampião... era o cavalo do tempo atrás da besta da vida*. História em quadrinhos roteirizada por Klévisson e Arievaldo Viana. São Paulo: Hedra, 1999.

Sobre os autores

Marco Haurélio nasceu em Ponta da Serra, localidade rural situada ao pé da serra Geral, no município de Igaporã, alto sertão da Bahia, onde passou os primeiros anos de vida. Acostumou-se desde cedo às narrativas fantásticas e à leitura noturna dos folhetos de cordel do acervo de sua avó paterna, Luzia Josefina de Farias (1910-1983). Histórias de umbuzeiros e gameleiras assombrados, encruzilhadas evitadas à noite, procissões fantasmagóricas durante a Quaresma, bois endiabrados e outras mais amenas, de príncipes e princesas, dragões e gigantes, povoaram a sua infância e prepararam o terreno para o futuro pesquisador das tradições populares. Estabeleceu-se, em meados dos anos 1980, com sua família em Serra do Ramalho, também na Bahia, onde entrou em contato com o encantado do Velho Chico, ampliando o seu repertório de histórias e a sua paixão pela cultura espontânea. Cordelista desde a primeira infância, manteve-se sempre fiel às suas raízes, incorporando elementos dos quadrinhos, do cinema e das mitologias aos seus trabalhos poéticos. Graduou-se em Letras pela Universidade do Estado da Bahia (Uneb) e, atualmente mestrando em Teoria e História Literária na Unicamp, tem mais de cinquenta livros publicados, vários deles laureados com distinções como os selos Altamente Recomendável, da Fundação Nacional do Livro Infantil e Juvenil, e Seleção, da Cátedra-Unesco (PUC-Rio).

Penélope Martins nasceu em Mogi das Cruzes. Ainda menina, foi morar no ABC Paulista, vivendo atualmente na Cidade de Santo André. De uma família formada por mãe brasileira e pai português, acostumou-se desde cedo a cantar, em rodas guiadas por violão ou concertina, as músicas de tradição popular, enquanto aprendia, ouvindo contos e causos da boca dos tios e avós, uma mistura mágica do real com o imaginário. Não por acaso, tornou-se narradora de histórias e já participou como artista em apresentações por todo o país e também em Portugal. Escritora e compositora, é autora do blog e podcast Toda Hora Tem História. Criadora do projeto Mulheres que Leem Mulheres, colabora no Clube de Leitores de Portugal e, atualmente, é curadora de projetos literários para a ONG Instituto Mpumalanga. Formada em Direito e pós-graduada em Direitos Humanos, dedica-se a produção de conteúdo, consultoria e palestras sobre desenvolvimento leitor e mediação de leitura com diversas instituições de educação e cultura. Em 2018, lançou seu livro *Que culpa é essa?*, do qual alguns poemas foram republicados pelas revistas *Mallarmagens*, *Gueto* e *Germina*. Entre seus livros publicados estão: *Minha vida não é cor-de-rosa*, ganhador do Prêmio Biblioteca Nacional em 2019 e selecionado pelo PNLD 2020; *Ainda assim te quero bem*, vencedor do Prêmio Aeilij em 2022, seleção PNLD 2021 e rubricado pela Fundação Nacional do Livro Infantil e Juvenil com o selo de Altamente Recomendável; *Uma Boneca para Menitinha*, laureado com Prêmio Glória Pondé da Biblioteca Nacional em 2022.

Sobre a ilustradora

Lucélia Borges nasceu em Bom Jesus da Lapa, sertão baiano, e viveu até os vinte anos em Serra do Ramalho, criada por seus bisavós maternos, Maria Magalhães Borges (1926-2004), grande mestra da cultura popular, e Cupertino Borges (1918-2006), sapateiro e artesão. Além das histórias da bisavó e dos festejos de São João Batista, comemorados segundo os rituais que se situam entre o sagrado e o profano, com o acompanhamento da banda de pífanos da Agrovila 07, apreciava as cavalhadas dramáticas de sua comunidade; chegou a ser daminha em uma das edições e, muitos anos depois, dedicou-se ao estudo dessa manifestação da cultura popular, tema de sua dissertação de mestrado apresentada à Universidade de São Paulo (USP), defendida em 2020. Em 2006, mudou-se para São Paulo, onde reside até hoje, atuando como produtora cultural, xilogravurista e contadora de histórias. Ilustrou vários folhetos de cordel e os livros *A jornada heroica de Maria*, de Marco Haurélio (Melhoramentos), *Ithale: fábulas de Moçambique*, do professor e escritor moçambicano Artinésio Widnesse (Editora de Cultura), *Moby Dick em cordel*, de Stélio Torquato (Nova Alexandria), além de *Contos encantados do Brasil*, também de Marco Haurélio.